Iris Klauenberg
# Die Brenner von Renchen-Ulm
## 2. Band - Ulmer Polizeiäpfel

Iris Klauenberg

# Die Brenner von Renchen-Ulm

## 2. Band - Ulmer Polizeiäpfel

# Impressum

1. Auflage

Iris Klauenberg
c/o IP-Management #18616
Ludwig-Erhard-Str. 18
20459 Hamburg
www.iris-klauenberg.com

Cover: Iris Klauenberg
Die Bilder wurden mit Unterstützung von KI durch Dall-E erstellt

Bibliografische Information der Deutschen Nationalbibliothek: Die Deutsche Nationalbibliothek verzeichnet diese Publikation in der Deutschen Nationalbibliografie; detaillierte bibliografische Daten sind im Internet über http://dnb.dnb.de abrufbar.

Die automatisierte Analyse des Werkes, um daraus Informationen insbesondere über Muster, Trends und Korrelationen gemäß §44b UrhG („Text und Data Mining") zu gewinnen, ist untersagt.

© 2024 Iris Klauenberg

Verlag: BoD · Books on Demand GmbH, In de Tarpen 42, 22848 Norderstedt

Druck: Libri Plureos GmbH, Friedensallee 273, 22763 Hamburg

ISBN: 978-3-7693-1467-0

# Inhaltsverzeichnis

# Vorwort

Diese Geschichte ist ein Werk der Fiktion. Alle Charaktere und Handlungen sind frei erfunden. Jegliche Ähnlichkeiten mit realen Personen, lebend oder verstorben, sind rein zufällig.

Die im Buch erwähnten Straßen in Renchen-Ulm existieren tatsächlich und dienen dazu, dem fiktiven Geschehen einen authentischen regionalen Bezug zu geben.

Ebenso sind die genannten Gaststätten, die Brauerei und die Läden real und wurden bewusst in die Geschichte aufgenommen, da sie fest zur örtlichen Kultur gehören und den Charme von Renchen-Ulm widerspiegeln.

Am Ende des Buches finden Sie Informationen (Glossar) zu diesen Örtlichkeiten.

# Stadtplan Renchen-Ulm

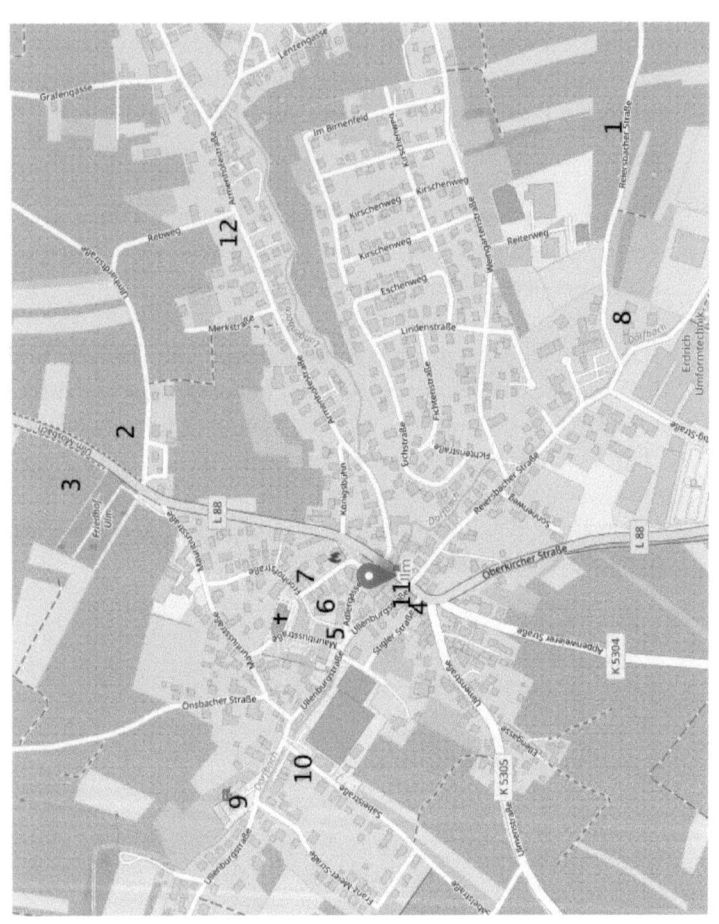

1.  Fruntner-Hof *
2.  Breitner-Hof *
3.  Alte Hütte am Friedhof *
4.  Gasthaus Stigler
5.  Bauhöfers Braustübl
6.  Bauhöfer Brauerei
7.  Nudelherstellung Fischinger
8.  Blumenhaus Serrer
9.  Wohnmobilstellplatz
10. Wohnhaus Zeitungsredakteur *
11. Bäckerei Zimmerer
12. Sutterer-Hof *


* frei erfundene Örtlichkeiten

# Abschied von Friedrich

Ein kalter Wind wehte über den kleinen Friedhof von Renchen-Ulm und brachte, obwohl es gerade mal Anfang September war, die ersten Blätter des beginnenden Herbstes zum Tanzen. Die Dorfbewohner waren schweigend um das frische Grab von Friedrich Sutterer versammelten. Fast jeder im Dorf war gekommen, um dem Verstorbenen die letzte Ehre zu erweisen. Friedrich, 92 Jahre alt und der letzte Nachkomme der alteingesessenen Sutterer-Familie, hatte eine besondere Stellung in der Gemeinde eingenommen. Sein Name war eng mit der Geschichte des Dorfes und der Tradition der Obstbrennerei verbunden.

Die Fruntner- und Breitner-Familien standen in respektvoller Distanz zueinander, ihre Blicke fest auf den Sarg gerichtet. Er war schlicht, so wie es Friedrich sich gewünscht hatte, doch der alte Mann war eine Legende in Renchen-Ulm. Auch wenn er sich in den letzten Jahren immer mehr zurückgezogen hatte, wurde er als einer der letzten Hüter des Ulmer Polizeiapfels verehrt. Friedrich hatte in der Blütezeit seines Lebens unermüdlich daran gearbeitet, diese seltene Apfelsorte zu erhalten, die von seinem Großvater Otto Sutterer nach Ulm gebracht worden war.

Inzwischen besaßen nur noch wenige Landwirte in der Region Bäume dieser außergewöhnlichen Apfelsorte.

Der Pfarrer sprach leise, seine Worte wurden vom Wind davongetragen, als er das Leben von Friedrich zusammenfasste – seine Erfolge, seine Rückschläge und seine Rolle als letzter Spross der Otto-Sutterer-Familie. Der Blick der Dorfbewohner wanderte immer wieder zu Hauke Jansen, dem

7

einzigen Erben, der allein am Rande der Trauergemeinde stand. Hauke, ein großgewachsener Mann mit ernstem Gesicht und einem Ausdruck, der zwischen Trauer und Entschlossenheit schwankte, war ein Fremder für alle Anwesenden.

Niemand kannte ihn wirklich, denn er war erst vor wenigen Tagen aus Stuttgart gekommen, um das Erbe seines Onkels anzutreten. Friedrich hatte keine direkten Nachkommen und Hauke, ein entfernter Neffe, war sein letzter Verwandter. Viele im Dorf wunderten sich, was dieser Mann, der kaum etwas über die Geschichte des Sutterer-Hofs wusste, mit dem Hof anfangen würde. Hauke war in der Großstadt aufgewachsen, hatte Betriebswirtschaft studiert und arbeitete bei einem großen Autohersteller in Stuttgart. Er hatte nicht die leiseste Ahnung von Landwirtschaft oder der jahrhundertealten Tradition des Brennens.

„Was wird aus dem Hof?", flüsterte eine Frau aus der Menge, ihre Worte kaum mehr als ein Hauch im Wind.

„Wer weiß … der Junge hat doch keine Ahnung vom Brennen", antwortete ein älterer Mann mit gerunzelter Stirn.

Hauke bemerkte die Blicke der Dorfbewohner, die sich auf ihn richteten und er spürte die unterschwellige Ablehnung. Doch das störte ihn nicht im Geringsten. Er wusste, was er tat. Als er die Papiere des Hofes durchsah, stieß er auf etwas, das seine Aufmerksamkeit erregte: ein uraltes Dokument, das dem Sutterer-Hof ein exklusives Brennrecht auf den Ulmer Polizeiapfel gewährte. Dieses Dokument, verfasst vor vielen Jahrzehnten, sprach der Sutterer-Familie ein vermeintliches Monopol auf die Destillation dieses besonderen Apfels zu. Hauke verstand sofort, dass dies ein potenzielles Vermögen bedeutete. Er war überzeugt, dass dieses Brennrecht der Schlüssel zu einem profitablen Geschäftsmodell war, das zwar den alten Hof nicht retten, aber seinen Namen in der Spirituosenbranche etablieren und ihm beträchtlichen Gewinn einbringen würde.

Der Pfarrer beendete seine Rede und es folgte eine tiefe Stille. Die Anwesenden senkten die Köpfe, einige legten Blumen auf den Sarg, bevor er langsam in die Erde hinabgelassen wurde. Hauke trat zögernd vor, unsicher, was von ihm erwartet wurde. Mit einem starren Blick auf das Grab seines Onkels murmelte er ein leises „Leb wohl" und trat dann zurück.

Als der Friedhof sich langsam leerte, blieben nur wenige Dorfbewohner stehen, um sich weiter zu unterhalten. Heinrich Fruntner, ein stämmiger Mann mit wettergegerbtem Gesicht, blickte mit einem kritischen Blick zu Hauke hinüber. „Was wird der Kerl jetzt aus dem Hof machen?", brummte er zu Markus Breitner, der neben ihm stand.

„Wer weiß? Aber wenn er klug ist, lässt er die Bäume in Ruhe und überlässt das Brennen den Leuten, die wissen, was sie tun", antwortete Markus ruhig, seine Stimme jedoch von einer unterschwelligen Feindseligkeit durchzogen.

Heinrich nickte nur, doch seine Augen blieben wachsam auf Hauke gerichtet. Er spürte, dass dieser Fremde vielleicht nicht nur den Hof, sondern auch die fragile Zusammenarbeit zwischen den Fruntners und den Breitners in Gefahr bringen könnte.

Hauke selbst war sich der feindseligen Blicke bewusst, doch er beschloss, sie zu ignorieren. Die Dorfbewohner waren engstirnig und festgefahren in ihrer Tradition. Sie hatten keine Ahnung, welche Möglichkeiten in diesem alten Hof und dem Brennrecht steckten. Mit einem Anflug von Selbstgefälligkeit dachte Hauke daran, wie er die alten Strukturen durchbrechen und den Sutterer-Hof zu einem profitablen Zentrum für edle Spirituosen machen würde. Das Brennrecht war seine Chance und er würde sie nutzen, ohne Rücksicht auf die Bedenken der anderen.

Mit schnellen Schritten verließ er den Friedhof, den Blick fest auf die Zukunft gerichtet. Geld und Erfolg waren für ihn wichtiger als sentimentale Bindungen an das Land oder die Traditionen, die für die Dorfbewohner so viel Bedeutung hatten. Der Hof gehörte nun ihm und er würde dafür sorgen, dass sein Name mit Respekt ausgesprochen wurde – nicht nur in Renchen-Ulm, sondern in der ganzen Welt der Spirituosen.

Am Abend Hauke saß an dem schweren Eichentisch im alten Arbeitszimmer seines Onkels, umgeben von Büchern und Dokumenten, die die lange Geschichte der Sutterer-Familie widerspiegelten. Die Wände waren mit vergilbten Fotos und gerahmten Urkunden bedeckt, die von einer Zeit zeugten, in der der Name Sutterer noch einen gewichtigen Klang in der Region hatte. Damals, als der Ulmer Polizeiapfel noch ein begehrtes Gut war und die Brennrechte der Familie unangefochten galten. Doch diese Tage schienen lange vorbei zu sein und was von diesem Erbe übrig geblieben war, lag nun in seinen Händen.

Das Licht der alten Schreibtischlampe warf einen schwachen Schein auf die vergilbten Papiere vor ihm. Unter all den Dokumenten lag ein unscheinbarer Brief, den Friedrich Sutterer vor Jahren verfasst hatte, doch was Haukes Aufmerksamkeit erregte, war das beigelegte Brennrecht, ein scheinbar uraltes Pergament, das besagte, dass die Sutterer-Familie das exklusive Recht besaß, den Ulmer Polizeiapfel zu destillieren. Der Name seines Großvaters, Otto Sutterer, stand unter der feierlichen Verkündung, die mit dem Siegel der Stadt versehen war. Dieses Papier war der Schlüssel, dessen war sich Hauke sicher.

„Das Monopolrecht", murmelte er zu sich selbst, während er über das vergilbte Papier strich. Es fühlte sich an, als hätte er ein Relikt in den Händen, das ihm die Macht geben könnte, den Markt für Apfelbrände zu dominieren. In seiner Vorstellung sah er sich bereits als erfolgreichen Geschäftsmann, der den alten Hof zu einem profitablen Imperium ausbaute. Die alten Rivalitäten zwischen den Fruntners und Breitners waren für ihn nur bedeutungslose Kleinkriege. Wenn alles nach Plan verlief, würden diese Familien bald in seinem Schatten stehen.

Er lehnte sich in seinem Stuhl zurück und starrte gedankenverloren an die Decke. Hauke hatte keine Ahnung vom Brennerhandwerk, aber das interessierte ihn nicht. Er brauchte kein Experte sein – er brauchte nur die richtigen Leute, die das Handwerk für ihn erledigten, während er die Fäden im Hintergrund zog. Es ging nicht um Tradition oder um den Erhalt des Familienerbes, wie es bei seinem Onkel gewesen war. Es ging um Profit. Und dieser alte Hof war seine Eintrittskarte in eine Welt des Luxus und der Exklusivität.

# Die verschwundene Ernte

Auf dem Fruntner-Hof herrschte geschäftiges Treiben. Heinrich Fruntner stand wie gewohnt mit grimmiger Miene auf der Veranda und beobachtete seine Arbeiter bei den Vorbereitungen. Am Abend zuvor hatte er zusammen mit Pavel, dem neuen Vorarbeiter, die Apfelbäume auf der Wiese an der Ulmenstraße begutachtet. Die Bäume waren voll, die Äste hingen schwer und die Äpfel waren reif, prall und bereit zur Ernte. Sie hatten lange auf diesen Moment hingearbeitet und Heinrich war stolz auf den Zustand der Bäume. Die Qualität der Äpfel versprach eine außergewöhnliche Ernte, die für den Betrieb in diesem Jahr entscheidend sein würde.

Doch Heinrich konnte nicht leugnen, dass ihn ein leises Unbehagen beschlich. Nicht wegen der Bäume oder der bevorstehenden Ernte, sondern wegen der Veränderungen auf dem Hof. Pavel war noch nicht lange Vorarbeiter – erst seit dem letzten Jahr, nachdem der langjährige Vorarbeiter Marian beim sogenannten „Kirschenkomplott" ums Leben gekommen war. Marian war über 20 Jahre lang ein fester Bestandteil des Fruntner-Hofs gewesen. Er kam jedes Jahr aus Rumänien zur Ernte und hatte sich im Laufe der Zeit das Vertrauen der Familie verdient. Die Umstände seines Todes hatten das Dorf erschüttert und Heinrich dachte oft an ihn.

Pavel, der Nachfolger, war ebenfalls aus Rumänien gekommen, empfohlen von einem der alten Bekannten Marians. Obwohl Pavel seine Arbeit gut machte, konnte er den Schatten, den Marian hinterlassen hatte, nicht ganz ausfüllen. Das war jedoch nicht Pavels Schuld, sondern eher das Ergebnis der Tragödie, die die Familie noch immer belastete.

Jetzt aber konzentrierte sich Heinrich auf den bevorstehenden Tag. „Los, machen wir uns auf den Weg", rief er seinen Arbeitern zu und setzte sich in Bewegung. Die Erntehelfer und Pavel folgten ihm in einer kleinen Wagenkolonne. Die Fahrzeuge brummten die Reiersbacher Straße in Richtung Ortskern hinunter und bogen kurz darauf in die Ulmenstraße ein, wo eine der sechs Apfelbaumwiesen der Fruntners lag. Diese Obstwiese war am besten über die Ellengasse zu erreichen und manchmal, gerade zu so früher Stunde, war es Heinrich unangenehm so laut durch das enge Gässchen zu knattern. Die Stimmung war konzentriert, jeder wusste, wie wichtig diese Ernte war.

Heinrich fuhr vorneweg, die Gedanken fest auf die bevorstehende Arbeit gerichtet. Die Fahrt war kurz und bald sahen sie die Apfelwiese vor sich auftauchen. Die letzten Tage hatten sie sich intensiv darauf vorbereitet, die Bäume zu ernten. Es sollte ein guter Tag werden – dachte Heinrich zumindest.

Die Kolonne erreichte die Wiese, Heinrich hielt an, stieg aus dem Wagen und wartete, bis die anderen Fahrzeuge hinter ihm zum Stillstand kamen. Pavel und die Erntehelfer stiegen ebenfalls aus und begannen, ihr Arbeitsmaterial zu entladen. Heinrich trat ein paar Schritte auf die Wiese zu, um die Bäume zu begutachten.

„Nein", entfuhr es ihm plötzlich, sein Magen zog sich zusammen.

Die Bäume waren leer. Die Äpfel, die sie am Vorabend noch in Hülle und Fülle gesehen hatten, waren verschwunden. Heinrich blinzelte, als würde sein Verstand ihm einen Streich spielen. Doch es war die Realität: Nicht ein einziger

Apfel hing mehr an den Zweigen. Die Ernte war spurlos verschwunden.

„Pavel!", rief Heinrich, seine Stimme bebte vor Zorn und Verwirrung. Pavel, der gerade dabei war, Werkzeuge auszupacken, drehte sich überrascht um und eilte herbei.

„Was ist passiert?", fragte Pavel, als er die leeren Bäume erblickte.

„Die Äpfel sind weg", murmelte Heinrich und sein Gesicht wurde dunkel vor Wut. „Wir haben sie gestern noch gesehen, Pavel. Wir zwei waren hier, ich habe es mit meinen eigenen Augen gesehen."

Pavel sah sich um, kniete sich nieder, um den Boden zu inspizieren, doch es war nichts Ungewöhnliches zu entdecken – keine Spuren, keine zertrampelten Äste, die auf eine schnelle Ernte hindeuteten. Es war, als wären die Äpfel in Luft aufgelöst.

„Das muss in der Nacht passiert sein", sagte Pavel leise, „aber, wer könnte das getan haben?"

Heinrich ballte die Fäuste, seine Knöchel traten weiß hervor. „Das war Markus Breitner. Dieser Mistkerl will uns ruinieren!"

Pavel hob die Augenbrauen. „Markus? Aber warum sollte er …"

„Warum? Weil er schon immer gegen uns war. Diese Friedensnummer bei der Kirschernte – das war doch nur eine Farce. Er hat uns nie geholfen. Er will uns unterkriegen und das hier ist der Beweis!" Heinrichs Stimme schwoll an und sein Gesicht war rot vor Zorn. „Er denkt, er kann mich überlisten, aber das lasse ich nicht zu."

Heinrich stapfte wütend zu seinem Wagen zurück. „Ich werde ihn zur Rede stellen. Er wird dafür bezahlen."

„Aber Heinrich, vielleicht sollten wir erst mal herausfinden, was genau passiert ist", begann Pavel, doch Heinrich hörte nicht zu. Er riss die Fahrertür auf und setzte sich hinter das Steuer. Mit durchdrehenden Reifen fuhr er davon, die Gedanken nur auf Rache fokussiert.

Heinrich raste in Richtung des Breitner-Hofs, durch das Dorf und über die engen Straßen von Renchen-Ulm. Die Straße war still und menschenleer, doch das kümmerte ihn nicht. Er fuhr mit deutlich überhöhter Geschwindigkeit durch die 30er-Zone im Dorf und als er an der neuen Radarfalle vorbeikam, blitzte es grell. Der weiße Blitz traf ihn unerwartet, doch nur für einen kurzen Moment realisierte Heinrich, dass er zu schnell fuhr.

„Das auch noch", knurrte er und trat noch stärker auf das Gaspedal. „Natürlich! Auch daran ist Breitner schuld."

Es war absurd, aber in seiner Wut machte Heinrich Markus für alles verantwortlich. Seit ihrer Kindheit hatten sie sich nie verstanden und die Jahre des Konkurrenzkampfes hatten die Feindschaft nur verschärft. Für Heinrich gab es keine Zweifel: Markus Breitner hatte die Äpfel gestohlen und das würde er ihm nie verzeihen.

Als er auf dem Breitner-Hof ankam, war Markus Breitner gerade dabei, mit seinen Arbeitern die Erntepläne zu besprechen. Die Idylle des Hofes wurde jäh unterbrochen, als Heinrich mit lautem Knirschen auf den Hof fuhr, die Tür seines Wagens aufriss und mit wütendem Gesicht auf Markus zustürmte.

„Markus, du Dieb! Ich mach dich fertig!", schrie Heinrich, bevor Markus überhaupt reagieren konnte. „Ich weiß, dass du hinter dem Diebstahl steckst!"

Markus runzelte die Stirn und trat einen Schritt auf Heinrich zu. „Was redest du da? Wovon sprichst du?"

„Die Äpfel! Meine ganze Ernte ist weg! Du hast sie gestohlen, um mich in den Ruin zu treiben!"

Markus hob die Hände und schüttelte langsam den Kopf. „Heinrich, ich habe keine Äpfel von dir gestohlen. Das ist lächerlich."

Doch Heinrich ließ sich nicht beruhigen. „Lüg mich nicht an!", schrie er, während er auf Markus losging, die Fäuste geballt. Doch bevor er zuschlagen konnte, tauchten Lena und David auf und stellten sich zwischen ihre Väter.

„Vater, was machst du? Hör auf!", rief Lena und hielt Heinrich zurück.

David trat ebenfalls dazwischen und sah Lenas Vater warnend in die Augen. „Heinrich, wir haben nichts damit zu tun. Beruhige dich."

Heinrichs Atem ging schwer und die Wut legte sich nur langsam. Doch der Verdacht brannte tief in ihm. Er riss sich von Lenas Griff los und knurrte: „Das ist noch nicht vorbei."

Lena und David tauschten besorgte Blicke. Ihnen war klar, dass mehr hinter der Sache steckte, als ihre Väter begriffen.

Lena ließ ihren Griff um Heinrichs Arm langsam los, als sie spürte, wie sich die Spannung in seinem Körper löste. Doch sie wusste, dass die Wut noch tief in ihm brodelte. Mit schnellen Schritten ging Heinrich zu seinem Wagen zurück, warf die Tür zu und fuhr mit quietschenden Reifen davon, während der Staub sich langsam über den Hof legte.

David sah seiner Freundin Lena einen Moment lang nachdenklich in die Augen, während sein Vater, die Hände vor der Brust verschränkt stehen blieb. „Was zum Teufel ist mit ihm los?", murmelte Markus fassungslos und rieb sich die Stirn.

„Er ist völlig außer sich, Vater", sagte David ruhig. „Aber irgendetwas muss passiert sein. So aufgebracht habe ich ihn noch nie erlebt."

Markus schüttelte den Kopf, seine Augen verengt vor Zorn. „Er wirft mir vor, ich hätte seine Äpfel gestohlen? Was für ein Unsinn! Das ist Heinrich wie er leibt und lebt – immer auf der Suche nach einem Feindbild, seit wir klein waren."

Lena stand versteinert da, ihre Augen fest auf das Auto ihres Vaters gerichtet, das gerade auf die Oberkircher Straße einbog. Sie seufzte tief und drehte sich dann zu Markus und David um. „Mein Vater ist nicht leicht zu beruhigen, das weiß ich", sagte sie leise. „Aber ich glaube nicht, dass er das einfach so behauptet. Da muss etwas passiert sein."

David nickte und legte Lena sanft eine Hand auf die Schulter. „Das müssen wir herausfinden, bevor unsere Väter sich gegenseitig noch schlimmeren Schaden zufügen."

„Ich stimme zu", sagte Lena bestimmt und sah zu David auf. „Wir sollten uns selbst ein Bild machen. Lass uns zur Apfelwiese an der Ulmenstraße fahren und herausfinden, was genau passiert ist. Vielleicht gibt es Hinweise, Papa und Pavel übersehen haben."

David nickte. „Das ist eine gute Idee." Er wandte sich an seinen Vater. „Wir sollten jetzt rausfinden, was wirklich los ist, bevor diese Anschuldigungen noch weiter eskalieren."

Markus, noch immer die Stirn in Falten, schnaubte leise und winkte ab. „Tut, was ihr nicht lassen könnt. Aber seid vorsichtig. Heinrich ist in seiner Wut unberechenbar und ich will nicht, dass ihr dazwischen geratet."

David nickte und ging mit Lena zu seinem Tuk-Tuk. Sie stiegen ein und knatterten mit dem typischen Knattern des Zweitaktmotors in Richtung der Ulmenstraße.

# Auf der Suche nach Antworten

Lena und David fuhren schweigend die schmale Ellengasse hinauf, die zu der Apfelwiese an der Ulmenstraße führte. Die Sonne stand noch tief am Himmel und die Spuren des Spätsommers waren überall zu erkennen. Die Bäume waren noch größtenteils grün, mit nur vereinzelten gelben Blättern, die den nahenden Herbst ankündigten. Ein leichter Wind trug den Duft reifer Früchte und trockener Felder durch die Luft. Beide waren in Gedanken versunken, während sie versuchten zu begreifen, was vorgefallen war.

„Ich kann mir nicht vorstellen, dass mein Vater einfach so behauptet, du oder dein Vater hättet die Äpfel gestohlen", brach Lena schließlich das Schweigen. Sie schaute kurz zu David, der angestrengt auf die Straße blickte, um keine der vielen Dorfkatzen zu überfahren.

„Ich weiß", sagte er und schüttelte leicht den Kopf. „Aber wir müssen ehrlich sein: Die Fruntners und die Breitners haben eine lange Geschichte von Misstrauen. Das ist nicht nur eine Rivalität wegen der Brennerei. Das geht viel tiefer."

Lena nickte stumm und legte ihre Hand sanft auf seinen Oberschenkel. Die Spannungen zwischen ihren Familien waren ein offenes Geheimnis. Schon lange vor der Zusammenarbeit bei der Kirschernte waren ihre Väter wie Hund und Katze gewesen. Doch das machte den heutigen Vorfall nicht weniger bizarr.

Als sie an der Apfelwiese ankamen, parkte David das Tuk-Tuk am Rand der Wiese. Die Bäume, die sich am Vortag noch unter dem Gewicht der reifen Äpfel gebogen hatten, standen kahl und leer da. Es war ein verstörender Anblick – als ob jemand die Wiese über Nacht vollständig geplündert hatte.

„Unglaublich", murmelte Lena, als sie aus dem Wagen stieg. „Es sieht aus, als wären sie einfach … verschwunden."

David war ihr gefolgt und stand nun neben ihr, die Arme vor der Brust verschränkt. „Kein einziger Apfel mehr", sagte er leise. „Wer auch immer das getan hat, muss mit einem Plan gekommen sein. So etwas passiert nicht einfach spontan."

Lena nickte, während sie über das Gelände ging, sich bückte und den Boden untersuchte. Keine Reifenspuren, keine Hinweise auf schwere Maschinen. Es war fast so, als ob die Äpfel still und heimlich abtransportiert worden wären – ohne eine Spur zu hinterlassen.

David trat neben sie. „Kein Matsch, keine Abdrücke, nichts." Er seufzte und schaute sich um. „Es sieht aus, als hätte nie jemand die Wiese betreten."

Lena richtete sich auf und stützte die Hände in die Hüften. „Es muss irgendetwas geben", sagte sie entschlossen. „Niemand stiehlt einfach über Nacht eine ganze Ernte, ohne eine Spur zu hinterlassen."

David nickte und blickte sich erneut um. „Vielleicht hat jemand etwas gesehen? Die Ellengasse ist nicht weit. Es gibt vielleicht Zeugen, die sich erinnern, ob in der Nacht etwas Ungewöhnliches passiert ist."

Lena überlegte. „Das könnten wir herausfinden. Vielleicht sollten wir auch nochmal mit Pavel sprechen. Er war gestern Abend mit meinem Vater hier."

David stimmte zu. „Ja, das klingt nach einem Plan. Aber wir sollten auch vorsichtig sein. Unsere Väter sind in ihrer Wut unberechenbar."

Die beiden machten sich auf den Weg zurück ins Dorf, ihre Gedanken noch immer um die mysteriöse Ernte kreisend.

Wieder im Dorfkern angekommen, beschlossen Lena und David, bei Pavel vorbeizusehen. Er war der Einzige, der noch am Vorabend mit Heinrich auf der Wiese war und vielleicht mehr wusste, als Heinrich in seiner Wut preisgegeben hatte.

„Pavel müsste bei uns auf dem Hof sein", sagte Lena, als sie aus dem Tuk-Tuk stiegen und nach ihm Ausschau hielt.

Pavel war in der Scheune beschäftigt, als sie ihn fanden. Er stand vor einem Stapel Holzkisten und richtete sie für den Tag. Als er die beiden kommen sah, wischte er sich die Hände an seiner Hose ab und trat auf sie zu.

„Lena, David", begrüßte er sie und nickte ihnen zu. „Habt ihr Neuigkeiten?"

„Wir versuchen herauszufinden, was wirklich passiert ist", sagte Lena. „Pavel, du warst gestern Abend mit meinem Vater auf der Apfelwiese. Ist dir etwas Seltsames aufgefallen? Irgendetwas, das uns helfen könnte?"

Pavel runzelte die Stirn und dachte einen Moment nach. „Nein, alles war wie immer. Die Äpfel sahen gut aus, es gab keine Anzeichen von Problemen." Er hielt inne und fügte hinzu: „Heinrich war in einer guten Stimmung – na ja, so gut, wie es bei ihm geht."

Lena seufzte. „Und seitdem? Keine seltsamen Vorkommnisse?"

Pavel schüttelte den Kopf. „Nichts. Alles war ruhig."

„Und was meinst du?", fragte David. „Wie könnte jemand die Ernte gestohlen haben?"

Pavel zögerte. „Es ist schwer zu sagen. Das ist ein großer Aufwand. Vielleicht waren es professionelle Diebe. Solche, die wissen, wie man spurlos vorgeht."

„Es fühlt sich an, als würden wir in der Luft hängen", murmelte Lena.

David nickte. „Ich glaube, wir brauchen mehr Informationen."

Nachdem sie sich von Pavel verabschiedet hatten, gingen sie zurück zum Dreitakter. Die Möglichkeit, dass professionelle Diebe hinter dem Verschwinden der Ernte steckten, war logisch und erschreckend zugleich.

„Was machen wir jetzt?", fragte David, als er sich ans Steuer setzte.

„Lass uns mit den Leuten in der Ellengasse sprechen", schlug Lena vor während sie auf die Armbanduhr schaute. „Vielleicht hat jemand etwas gehört oder gesehen."

David startete den Motor und sie fuhren los, fest entschlossen, endlich Antworten auf die rätselhaften Ereignisse zu finden.

David parkte das Tuk-Tuk am Anfang der Ellengasse und beide stiegen aus, um sich zu Fuß den wenigen Häusern zu nähern. Es standen insgesamt sieben Häuser in dieser kurzen, engen Gasse, die Gebäude waren schlicht und meist wohnten hier alteingesessene Dorfbewohner, die häufig gut informiert waren, was im Dorf vor sich ging.

„Lass uns bei dem Haus anfangen", sagte Lena entschlossen und zeigte auf das Haus mit der Nummer 2. Die Nummer 1 konnten sie auslassen, das alte Fachwerkhaus stand seit Jahrzehnten leer und fiel schon fast in sich zusammen. Sie klopfte an die Tür und nach einigen Sekunden öffnete eine ältere Frau mit scharfen Augen die Tür.

„Guten Morgen, Frau Maurer", begann Lena höflich. „Entschuldigen Sie die Störung, aber wir wollten fragen, ob Sie letzte Nacht oder in den frühen Morgenstunden etwas Ungewöhnliches bemerkt haben?"

Frau Maurer zog die Augenbrauen hoch. „Ungewöhnlich? Hier? Nein, mein Kind. Die Nächte sind hier ruhig. Aber was ist denn passiert?"

„Die Apfelernte meiner Familie, hier oben auf der Wiese, wurde gestohlen", sagte Lena und zeigte mit ausgestrecktem Arm das Ellengässle hinauf, während David daneben stand und aufmerksam lauschte. „Wir versuchen herauszufinden, ob jemand etwas gesehen oder gehört hat."

„Ein ganzes Feld?" Frau Maurers Augen weiteten sich. „Das ist ja schrecklich! Aber ich habe wirklich nichts bemerkt. Es war ruhig wie immer und ich habe einen festen Schlaf."

Sie bedankten sich bei Frau Maurer und gingen weiter zum nächsten Haus. Dieses Mal öffnete ein älterer Mann, Herr Kunz, der die beiden neugierig musterte.

„Guten Morgen, Herr Kunz", begann David. „Wir wollten Sie fragen, ob Sie letzte Nacht vielleicht etwas Ungewöhnliches bemerkt haben?"

Herr Kunz runzelte die Stirn und dachte kurz nach. „Hm, ich bin irgendwann gegen Mitternacht wach geworden. Ich glaube, ich habe ein lautes Brummen gehört, wie von einem großen Fahrzeug, aber ich hab nicht genauer hingehört."

Lena hob die Augenbrauen. „Ein Brummen? Haben Sie noch etwas gehört oder gesehen?"

„Nur das", brummte Kunz. „Ein tiefer Motor, aber kein Traktor, eher etwas Größeres. Aber mehr habe ich nicht wahrgenommen. Es war dunkel und ich wollte schlafen."

David bedankte sich bei Herrn Kunz, bevor sie zum nächsten Haus gingen. Aber niemand sonst der Anwohner hatte etwas gehört oder gesehen. Anschließend gingen die Zwei zu den angrenzenden Häusern an der Ulmenstraße. Sie entschlossen sich, bei den wenigen Häusern zu klingeln, die nah an der Apfelwiese lagen, um sicherzugehen, dass sie nichts übersahen.

Bei einem der Häuser öffnete eine junge Frau namens Anna Weber. Lena trat vor und stellte ihre übliche Frage: „Guten Morgen, Frau Weber. Wir fragen uns, ob sie oder ihre Familie letzte Nacht etwas Ungewöhnliches gehört haben. Unsere Apfelernte wurde gestohlen."

Frau Weber überlegte kurz, bevor sie antwortete: „Gestohlen? Das ist ja schrecklich. Aber ich habe nichts gehört. Allerdings hat mein Mann erwähnt, dass er gegen Mitternacht Lärm von draußen gehört hat, als ob ein Fahrzeug vorbeifuhr. Er dachte, es wären nur Leute, die spät unterwegs sind. Sie wissen ja, in unserem Dorf fallen ungewohnt, nächtliche Geräusche sofort auf."

David und Lena tauschten einen Blick. Zwei Bewohner hatten ein Fahrzeug gehört, das möglicherweise mit dem Diebstahl in Verbindung stand.

„Vielen Dank, das hilft uns sehr", sagte David höflich.

Nachdem sie sich bei Frau Weber verabschiedet hatten, gingen sie zurück zum Tuk-Tuk.

„Es scheint klar zu sein, dass ein größeres Fahrzeug beteiligt war", sagte David, während er den Motor startete. „Aber wir müssen noch herausfinden, wer dahintersteckt."

„Ja", sagte Lena nachdenklich. „Vielleicht gibt es noch jemanden, der mehr gesehen hat. Aber es ist ein Anfang."

## Ein Netz aus Obstwiesen

Lena und David fuhren langsam entlang der Ulmenstraße in Richtung Erlach. Die Straße war gesäumt von weiteren Obstwiesen, die sich bis zum Horizont erstreckten. Die Apfelbäume standen dicht an dicht, ihre Äste noch schwer mit reifen Früchten. Die Landschaft wirkte ruhig und friedlich, aber in den Köpfen von Lena und David herrschte Unruhe.

„Es gibt hier keine Höfe in der Nähe", stellte Lena fest, während sie aus dem Fenster schaute. „Aber die Obstbauern oder Erntehelfer könnten etwas gesehen haben. Vielleicht gibt es jemanden, der mehr weiß."

David nickte. „Ja, wir sollten mit ihnen sprechen. Wenn jemand fremde Personen oder Fahrzeuge gesehen hat, dann die Leute, die hier draußen arbeiten."

Sie parkten das Tuk-Tuk am Rand eines schmalen Pfades und gingen zu Fuß weiter entlang der Wiesen. In der Ferne sahen sie zwei Arbeiter, die sich um die Bäume kümmerten. Es war nicht ungewöhnlich, dass die Obstbauern der Region schon früh draußen waren, um die Ernte vorzubereiten.

„Entschuldigen Sie", rief Lena, als sie sich den Männern näherten. Die beiden Arbeiter, die gerade Äste schnitten, sahen auf und musterten die beiden.

„Guten Morgen", sagte der ältere Mann. „Was führt euch hierher?"

„Unsere Apfelernte auf der Fruntner-Wiese wurde letzte Nacht gestohlen", erklärte Lena. „Habt ihr vielleicht etwas gesehen oder gehört?"

Der Mann sah überrascht aus und schüttelte den Kopf. „Gestohlen? Eure ganze Ernte? Das ist ja ein Ding. Aber nein, wir haben nichts bemerkt. Wir waren bis zum frühen Abend hier draußen, aber es war ruhig."

David trat einen Schritt nach vorne. „Gab es in letzter Zeit vielleicht fremde Personen hier in der Gegend? Jemand, der sich für die Ernte interessiert hat?"

Der jüngere der beiden Männer dachte kurz nach und nickte dann. „Ja, da war gestern ein Mann auf einem Fahrrad. Er hat viele Fragen gestellt, als ob er genau wissen wollte, wie die Ernte abläuft. Er schien sich besonders dafür zu interessieren, wann und wie die Äpfel geerntet und abtransportiert werden."

„Könnte das ein Tourist gewesen sein?", wollte David wissen, doch sein Gegenüber schüttelte bestimmt den Kopf. „Glaub ich nicht, die erkenne ich von Weitem und der Typ hatte eher ein Business-Outfit an. Mit solchen Schuhen stapft kein Urlauber über die Felder."

Lena und David tauschten einen vielsagenden Blick. „Wisst ihr, wohin er gefahren ist?", fragte David.

„Er ist in Richtung Dorf zurückgefahren", antwortete der Mann. „Aber viel mehr weiß ich auch nicht."

Lena bedankte sich bei den Arbeitern und sie gingen zurück zum Tuk-Tuk.

„Ein Mann, der sich so intensiv für die Ernte interessiert?", sagte Lena nachdenklich. „Das klingt verdächtig."

„Er könnte etwas mit dem Diebstahl zu tun haben", stimmte David zu. „Wenn er sich über die Abläufe informiert hat, könnte das der Schlüssel sein."

„Lass uns zurück ins Dorf fahren und herausfinden, ob jemand dort mehr über ihn weiß", schlug Lena vor. „Vielleicht hat ihn jemand in der Bäckerei gesehen."

Zurück im Dorf parkten Lena und David vor der Bäckerei Zimmerer. Es war noch früh, aber die Bäckerei hatte bereits geöffnet und einige Dorfbewohner standen bereits in der Schlange, um sich frisches Brot zu holen. Die kleine Bäckerei war oft der zentrale Treffpunkt am Morgen, besonders für die älteren Bewohner, die hier ihre Neuigkeiten austauschten.

„Guten Morgen, Frau Zimmerer", sagte Lena, als sie die Bäckerei betraten und auf die Besitzerin zugingen.

„Guten Morgen, Lena. Guten Morgen, David", erwiderte Frau Zimmerer freundlich, während sie einen Laib Brot einpackte. „Was darf es für euch sein? Weckle? Laugenknoten?"

„Wir suchen nach Informationen", begann Lena. „Unsere Apfelernte wurde letzte Nacht gestohlen und wir haben gehört, dass gestern ein Mann im Dorf unterwegs war, der sich sehr für die Ernte interessiert hat. Haben Sie ihn vielleicht gesehen?"

Frau Zimmerer runzelte die Stirn und dachte kurz nach. „Ja, da war jemand. Ein Mann kam gestern Nachmittag herein und hat sich nach dem Weg zu den Apfelwiesen erkundigt. Er wirkte freundlich, aber auch sehr neugierig. Er hat nach den Erntezeiten gefragt."

„Haben Sie noch mehr über ihn erfahren?", fragte David.

„Nein, er hat nicht viel erzählt", antwortete Frau Zimmerer. „Er hat sich bedankt, eine Laugenbrezel gekauft und ist dann wieder gegangen. Aber ich habe ihn danach nicht mehr gesehen."

Lena und David bedankten sich und verließen die Bäckerei. „Es wird immer seltsamer", sagte David, als sie auf dem Bürgersteig standen. „Dieser Mann scheint überall im Dorf Fragen gestellt zu haben, aber niemand weiß, wer er ist oder was er wirklich wollte."

„Wir sollten noch bei den Mädels vom Blumenhaus Serrer vorbeischauen", sagte Lena. „Die haben ihre Felder rund um Renchen-Ulm und könnten etwas gesehen haben."

Das Blumenhaus Serrer war nur ein paar Straßen weiter und Lena und David fuhren dennoch mit dem Dreitakter dorthin, um die wenigen Parkplätze vor der Bäckerei nicht zu blockieren. Die drei Schwestern, die den Betrieb führten, hatten so einige Felder für den Obst- und Gemüseanbau rund um Ulm. Als Lena und David den Laden betraten, wurden sie von den freundlichen Stimmen der Schwestern begrüßt.

„Lena! David! Wie geht's euch?" rief Christine, eine der Schwestern, während sie im Hinterzimmer einen Strauß Blumen band.

„Es könnte besser sein", sagte Lena. „Unsere Apfelernte wurde letzte Nacht gestohlen und wir versuchen herauszufinden, ob jemand etwas gesehen hat."

Katharina, die Älteste der drei, hob den Kopf und zog die Stirn kraus. „Gestohlen? Das ist ja schrecklich. Wir haben nichts gehört, aber gestern war tatsächlich jemand hier, der sich für unsere Felder interessiert hat."

„Er war mit dem Fahrrad unterwegs", fügte Anna-Lena, die Jüngste der Schwestern, hinzu. „Er hat viele Fragen gestellt, besonders über den Obst- und Gemüseanbau. Wir dachten, er sei einfach ein neugieriger Urlauber."

„Er war sehr gut informiert über die Erntezeiten", sagte Katharina. „Es schien, als wüsste er genau, wonach er fragte."

Lena und David tauschten einen schnellen Blick. „Wisst ihr, wohin er gegangen ist?" fragte David.

„Er fuhr in Richtung der Felder am Ortsrand", sagte Christine, die dritte der Schwestern. „Vielleicht hat er dort weiter gefragt."

„Danke, das hilft uns schon weiter", sagte Lena. Doch bevor sie gehen konnten, hielt Katharina sie zurück.

„Lena", sagte sie mit einem freundlichen Lächeln, „könnte deine Mutter heute vielleicht noch Kartoffeln und Kürbisse liefern? Wir haben heute Morgen bemerkt, dass uns einiges ausgeht."

Lena nickte. „Ich werde Mama Bescheid geben. Ich bin sicher, sie kann euch etwas bringen."

Nachdem sie sich verabschiedet hatten, gingen Lena und David zurück zum Tuk-Tuk.

„Es scheint, als wäre dieser Fremde überall gewesen", sagte Lena, während sie über die letzten Informationen nachdachte. „Aber niemand weiß, was er wollte."

„Er hat sich gezielt über die Ernte informiert", fügte David hinzu. „Vielleicht hat er die Informationen genutzt, um den Diebstahl zu planen."

„Wir müssen noch einmal zur Ulmenstraße zurück und nach weiteren Hinweisen suchen", sagte Lena entschlossen. „Es gibt noch so viele unbeantwortete Fragen."

David und Lena standen vor dem Blumenhaus und überlegten, wie sie weiter vorgehen sollten. Der mysteriöse Fremde hatte zwar Spuren hinterlassen, aber es gab immer noch keine konkreten Hinweise darauf, wo er herkam oder wohin er sich begeben hatte.

„Es ist, als würde er uns immer eine Nasenlänge voraus sein", murmelte Lena frustriert.

David nickte. „Wir haben alles abgeklappert und trotzdem nichts Handfestes gefunden." Er seufzte. „Vielleicht sollten wir für heute eine Pause einlegen. Wir müssen beide unsere Arbeit erledigen, aber in ein paar Stunden können wir uns ja wieder zusammensetzen."

Lena stimmte zu. „Ja, das ist wohl das Beste. Ich sollte zurück zum Fruntner-Hof, bevor mein Vater merkt, dass ich mich den ganzen Vormittag herumgetrieben habe." Sie grinste schwach. „Er wird nicht begeistert sein."

David lachte. „Und ich muss meinem Vater helfen, damit wir die Ernte rechtzeitig schaffen. Ich werde ihn und die anderen beim Kaier unterstützen."

Sie tauschten einen letzten, entschlossenen Blick, bevor sie sich trennten. Lena ging die Reiersbacher Straße hinauf, in Richtung des Fruntner-Hofs. Es war nur ein kurzer Spaziergang und der Weg durch das Dorf gab ihr einen Moment, um ihre Gedanken zu ordnen. Sie hoffte, dass eine Pause sie auf neue Ideen bringen würde.

David hingegen setzte sich in sein Tuk-Tuk und machte sich auf den Weg Richtung Kaier, wo er wusste, dass sein Vater, Markus Breitner, bereits auf ihn wartete, um mit der Apfelernte voranzukommen. Während er die schmalen Straßen entlangfuhr, überlegte er, wie sie die Ermittlung am Nachmittag fortsetzen könnten. Doch vorerst musste die Arbeit auf dem Hof warten – die Ernte konnte nicht liegen bleiben.

# Ein neues Ziel

Den ganzen Tag über waren die Fruntners und die Breitners in ihre Arbeit vertieft. Die Erntezeit brachte stets eine Mischung aus Hektik und Routine mit sich und die anstehenden Aufgaben ließen kaum Zeit, an die Ereignisse der letzten Nacht zu denken. Doch als der Abend anbrach und das Tageswerk vollbracht war, kamen die Gedanken zurück.

Lena, ihr Vater Heinrich und ihre Mutter Gabi saßen gemeinsam beim Abendessen. Die Atmosphäre am Tisch war still und angespannt. Heinrich hatte eine mürrische Miene aufgesetzt, die nur zu gut zeigte, dass ihn die gestohlene Ernte noch immer beschäftigte.

„Nun, wie ist es bei der Polizei gelaufen?", fragte Gabi vorsichtig und blickte zu ihrem Mann.

Heinrich schnaubte verärgert und legte sein Besteck zur Seite. „Anzeige habe ich erstattet", begann er, „aber viel Hoffnung machen sie mir nicht. Die sagten, es gäbe kaum Beweise und dass der Diebstahl wohl schwer aufzuklären sei. Es klang fast, als hätten sie mich schon abgeschrieben."

Lena sah ihren Vater besorgt an. „Also glauben sie, dass wir die Ernte nie wiedersehen werden?"

„Ja, so klang es zumindest", antwortete Heinrich mit einem bitteren Unterton. „Sie sagten mir, dass es in den letzten Jahren häufiger zu solchen Erntediebstählen gekommen sei – besonders bei Obstsorten, die sich teuer verkaufen lassen. Aber ob sie dem wirklich nachgehen werden? Ich habe meine Zweifel."

„Vielleicht sollten wir uns auf unsere eigenen Mittel verlassen", sagte Gabi, ihre Augen fest auf Heinrich gerichtet. „Pavel hat doch heute ein paar Erntehelfer zur Wache abgestellt, oder? Vielleicht hilft das ja."

Heinrich nickte langsam und sein Gesichtsausdruck entspannte sich ein wenig. „Ja, Pavel hat zwei Männer an jede Apfelwiesen geschickt und sie werden auch in den kommenden Nächten wachen. So kann ich sicher sein, dass wir nicht noch eine Wiese verlieren."

„Es ist das eine, wenn sich Touristen oder Wanderer mal einen Apfel mopsen, aber ein komplettes Feld?!" Gabi schüttelte den Kopf.

Die Unterhaltung verstummte, während sie ihre Mahlzeit in gedämpfter Stimmung beendeten.

Der nächste Morgen brachte einen frischen Wind und die Hoffnung, dass die Wachen auf den Fruntner-Wiesen eine Wirkung zeigen würden. Als Heinrich in die Küche kam, war Pavel bereits da und wartete auf ihn.

„Guten Morgen, Heinrich", sagte Pavel mit einem stolzen Grinsen. „Ich habe gute Neuigkeiten. Die Erntehelfer haben die Nacht über gewacht und kein einziger Apfel fehlt."

„Das ist zumindest ein kleiner Sieg", sagte Heinrich erleichtert. „Danke, Pavel. Deine Idee war gut."

Lena, die am Küchentisch saß, hörte das Gespräch und spürte eine leise Erleichterung. Doch dieser Moment der Ruhe währte nicht lange.

Plötzlich riss die Küchentür auf, schlug mit einem lauten Knall an die Wand und ein aufgebrachter Markus Breitner stürmte herein. Sein Gesicht war rot vor Wut und seine Augen funkelten, als er direkt auf Heinrich losging.

„Du Mistkerl!", brüllte Markus und ballte die Fäuste. „Du wagst es, mir zu erzählen, ich hätte dir deine Ernte gestohlen und dann holst du dir einfach meine Äpfel? Bist du denn nur bescheuert?!"

Heinrich sprang auf und starrte Markus fassungslos an. „Wovon redest du? Ich habe nichts von dir genommen!"

„Lüg mich nicht an!", schnauzte Markus, während er sich näher an Heinrich heran bewegte. „Mein Feld ist leer! Heute Morgen wollte ich mit der Ernte beginnen und da ist nichts mehr. Und du bist der Einzige, der einen Grund hätte, mir so etwas anzutun."

Heinrich war inzwischen genauso wütend. „Ich habe deine Äpfel nicht angerührt, Breitner. Denkst du, ich würde so tief sinken? Ich bin nicht so erbärmlich wie du."

Markus schnaubte. „Du hast doch gestern noch geschworen, dass du Rache nehmen würdest. Du hast mir vor allen gesagt, dass ich dafür zahlen werde. Glaubst du wirklich, ich kaufe dir das ab, dass du nichts damit zu tun hast?"

Bevor Heinrich antworten konnte, ballte Markus die Faust und holte aus, um Heinrich einen Schlag zu verpassen. Doch in diesem Moment stellte sich Gabi schützend vor ihren Mann. Markus konnte nicht mehr rechtzeitig abbremsen und sein Faustschlag traf sie hart an der Wange.

Gabi taumelte zurück und für einen Moment herrschte absolute Stille in der Küche. Markus blickte fassungslos auf seine Hand, die noch immer zu einer Faust geballt war. „Gabi … das … das wollte ich nicht", stammelte er.

Lena war sofort an der Seite ihrer Mutter und stützte sie, während sie ihn wütend anfunkelte. „Wie kannst du es wagen, einfach so in unser Haus zu stürmen und uns zu beschuldigen?"

Heinrich hatte sich schnell wieder gefasst und trat schützend neben seine Frau. „Raus hier, Markus", knurrte er leise, seine Stimme voller Zorn. „Und wage es nicht, noch einmal meine Familie zu bedrohen."

Markus schüttelte langsam den Kopf und machte einen Schritt zurück. „Ich weiß, dass du das warst, Heinrich. Es kann niemand anderes gewesen sein. Aber ich werde es dir heimzahlen. Das hier ist noch lange nicht vorbei."

Mit diesen Worten drehte er sich um und stürmte aus der Küche, ließ Heinrich, Gabi und Lena fassungslos zurück.

Gabi hielt sich die schmerzende Wange und Lena führte sie vorsichtig zum Stuhl zurück. Heinrich blieb noch einen Moment stehen, den Blick fest auf die Tür gerichtet, durch die Markus verschwunden war, bevor er versuchte sich zu beruhigen und sich ebenfalls zu seiner Frau setzte.

„Lass mich deine Wange ansehen, Gabi", sagte er leise und nahm behutsam ihre Hand von ihrem Gesicht. Ein leichter Rotschimmer begann sich auf ihrer Haut abzuzeichnen und Heinrichs Blick wurde von Sorge durchzogen. „Es tut mir leid, dass du das abbekommen hast", flüsterte er.

„Mach dir keine Sorgen, Heinrich", erwiderte Gabi ruhig, während sie ihre Hand auf seine legte. „Ich wollte nur verhindern, dass ihr euch gegenseitig verletzt. Wir müssen einen Weg finden, das Ganze ohne Gewalt zu klären. Sonst wird das hier kein Ende nehmen."

Lena reichte ihrer Mutter eine Packung tiefgefrorener Erbsen „Hier, zum Kühlen" sagte sie und wühlte im Gefrierschrank „Haben wir tatsächlich keine Kühlpads?"

„Im Keller", nuschelte ihre Mutter „aber Erbsen gehen auch, gibt´s heute Abend halt Eintopf." Scherzen konnte Gabi immer.

„Aber Vater", Lena sah ihn an, die Stimme noch zitternd vor Wut, „wir können das doch nicht einfach hinnehmen! Wenn er denkt, du wärst schuld, wird er nicht aufhören, dich zu verfolgen. Er ist fest davon überzeugt, dass du seine Äpfel genommen hast."

Heinrich schnaubte bitter und starrte auf den Tisch. „Markus ist blind vor Wut und stur wie eh und je. Ich frage mich, was ihn überhaupt auf die Idee bringt, dass wir uns an ihm rächen würden. Ich habe seine Ernte nicht angerührt und das weiß er tief im Inneren vermutlich auch."

Gabi seufzte. „Er will jemanden verantwortlich machen, weil seine eigene Ernte gestohlen wurde. Das ist genauso ein Schlag für ihn, wie es für uns einer war. Und wir wissen doch, dass Markus seit Jahren immer jemanden sucht, dem er die Schuld geben kann, wenn es Probleme gibt."

Pavel, der bisher still dabeigestanden hatte, machte einen Schritt nach vorn. „Heinrich", begann er vorsichtig, „wir könnten die Nachtwachen an den Fruntner-Wiesen auf die benachbarten Felder ausweiten. Wenn die Diebe noch einmal zuschlagen, haben wir eine Chance, sie zu schnappen – und Markus wird sehen, dass wir ihm nichts wegnehmen."

Heinrich überlegte einen Moment und nickte dann langsam. „Das ist eine gute Idee, Pavel. Ich werde dafür sorgen, dass wir die Wachen auf beiden Seiten der Ulmenstraße verstärken. Markus soll sehen, dass wir keine Geheimnisse haben."

Lena spürte eine Mischung aus Erleichterung und Sorge. Die Nachtwachen würden zwar für mehr Sicherheit sorgen, doch sie konnte die Wut in Markus' Augen nicht vergessen. Es würde Zeit brauchen, bis er sich beruhigte und die Wahrheit akzeptierte.

„Vielleicht sollten wir auch mit der Polizei reden", sagte Lena vorsichtig. „Wenn nun zwei Ernten betroffen sind, nehmen sie den Fall vielleicht ernster."

„Das ist ein Gedanke", sagte Gabi. „Wir könnten sie drängen, eine Spur zu verfolgen, anstatt nur unsere Anzeige aufzunehmen."

Heinrich atmete tief ein und nickte schließlich. „Ja, das ist wohl notwendig. Markus soll wissen, dass wir alles daransetzen, den Dieb zu fassen – und dass er nicht allein ist. Vielleicht beruhigt ihn das, auch wenn er es nicht gerne zugibt."

Der Erntetag begann erneut hektisch und die Arbeit auf den Wiesen verlief angespannt und wortkarg. Die Erntehelfer auf dem Fruntner-Hof waren spürbar nervös, nachdem sich die Nachricht über den Schlagabtausch zwischen den beiden

Brennern herumgesprochen hatte. Lena, die mit den anderen Äpfel pflückte, bemerkte die Blicke und das leise Murmeln der Arbeiter. Pavel hatte die Anweisung bekommen, die Nachtwachen weiter zu verstärken und obwohl er sich in seine Arbeit stürzte, war auch ihm die Anspannung anzumerken.

Nach dem Mittagessen entschied Heinrich, noch einmal nach Oberkirch zur Polizei zu fahren. Er hoffte, dass der zweite Diebstahl die Beamten dazu bringen würde, den Fall ernster zu nehmen. Er verabschiedete sich kurz von Gabi und Lena, bevor er aufbrach.

In Oberkirch angekommen, betrat Heinrich die Polizeiwache, entschlossen, eine Reaktion zu provozieren. Doch kaum hatte er das Gebäude betreten, sah er Markus Breitner in der Eingangshalle stehen. Der Funke der Erkennung führte sofort zu einer Spannung, die alle Anwesenden spürten. Markus warf Heinrich einen schneidenden Blick zu, die Kiefer fest zusammengepresst.

„Was willst du hier?", zischte Markus, ohne seine Stimme zu heben.

Heinrich schnaubte verächtlich. „Ich bin hier, um sicherzustellen, dass diese Diebe gefasst werden. Oder was dachtest du?"

„Du und deine falschen Anschuldigungen", entgegnete Markus und trat einen Schritt näher. „Glaub bloß nicht, dass ich dir verzeihe, was du mir angetan hast. Du wirst dafür zahlen!"

Heinrich ballte die Fäuste, versuchte jedoch, sich zu beherrschen. Doch Markus' herausfordernder Blick und die offenen Drohungen ließen sein Blut kochen. „Du verstehst immer noch nicht, oder? Ich habe nichts mit deinem Diebstahl zu tun."

Markus lachte höhnisch. „Sicher, Heinrich. Und ich bin der Kaiser von China. Ich weiß genau, dass du das warst. Wer sonst hätte einen Grund, mir die Ernte zu stehlen?"

Heinrichs Gesicht wurde rot und ohne es zu merken, hob er die Faust leicht an, bereit, seine Wut freien Lauf zu lassen. Doch bevor er handeln konnte, traten zwei Polizisten zwischen die beiden Männer und trennten sie rigoros.

„Das reicht, meine Herren!" Der diensthabende Polizist sah die beiden streng an. „Wenn Sie hier weiter handgreiflich werden, landet einer von Ihnen oder beide in der Zelle. Haben wir uns verstanden?"

Heinrich und Markus starrten einander noch einen Moment an, beide voller Wut, doch schließlich nickten sie und traten widerwillig zurück.

„Gut", sagte der Polizist. „Sie haben beide Anzeigen wegen Diebstahls erstattet. Lassen Sie uns das also wie Erwachsene klären. Wir werden den Fall gründlich untersuchen."

„Das will ich hoffen", knurrte Heinrich und wandte sich ab, während Markus ihm einen abschätzigen Blick zuwarf. Doch beide Männer verließen die Wache schließlich ohne weitere Zwischenfälle.

Am Nachmittag besuchte Anna-Lena vom Blumenhaus Serrer den Fruntner-Hof, um Eier für das Verkaufshäusle zu bringen. Sie begrüßte Gabi und bemerkte sofort die Anspannung in der Luft, als Gabi ihr von den Diebstählen und dem Konflikt mit Markus erzählte.

„Und dann das noch?", fragte Anna-Lena und hob ihre Brauen besorgt. „Das klingt wie ein Albtraum für euch alle."

Gabi nickte und seufzte. „Und der Fremde, der in letzter Zeit überall im Dorf herumschleicht, macht die Sache auch nicht besser."

Anna-Lena zögerte kurz, doch dann schien ihr etwas einzufallen. „Weißt du, Gabi, jetzt, wo du es sagst, der Mann, der neulich im Blumenladen war und sich so sehr für die Apfelwiesen interessiert hat" sie überlegte kurz „da war eine auffällige Eigenheit."
„Ach ja?" Gabi sah sie neugierig an.

„Ja", sagte Anna-Lena nachdenklich. „Der Fremde hatte zwei unterschiedlich gefärbte Augen. Ein Auge war braun, das andere blau. So etwas fällt auf."

Gabi dachte einen Moment nach und nickte dann. „Das könnte ein wertvoller Hinweis sein. Das erzähle ich gleich Heinrich und Lena. Vielleicht hilft es uns, ihn wiederzufinden."

Anna-Lena legte Gabi die Hand auf die Schulter und lächelte aufmunternd. „Ich hoffe, dass es euch weiterhilft. Gib gut auf dich acht, Gabi und wenn du jemanden zum Reden brauchst, weißt du ja, wo du mich findest."

Am Abend, als Heinrich vom Besuch bei der Polizei zurückkam, erzählte Gabi ihm und Lena von der Auffälligkeit, die Anna-Lena beobachtet hatte. Die Erwähnung des Mannes mit den unterschiedlich farbigen Augen fesselte sofort ihre Aufmerksamkeit.

Lena nickte entschlossen. „Dann sollten wir morgen noch einmal alle im Dorf fragen. Vielleicht hat ihn jemand gesehen."

Heinrich verschränkte die Arme und überlegte kurz, bevor er vorschlug: „Oder wir beginnen direkt heute Abend damit und schlagen zwei Fliegen mit einer Klappe. Im Gasthaus Stigler ist immer viel los und ich könnte eine Kugel Kellertrübes vertragen. Vielleicht hören wir dort etwas Neues."

Lena grinste. „Gute Idee. Je mehr Leute wir befragen können, desto besser."

Gabi jedoch schüttelte leicht den Kopf und berührte sanft ihre geschwollene Wange. „Geht ihr ruhig. Mit meinem blauen Auge bleib ich lieber hier und schone mich. Vielleicht sollte ich mir noch ein paar Erbsen auflegen."

„Gut, Gabi", sagte Heinrich sanft und drückte ihr die Schulter. „Wir werden nicht lange wegbleiben."

Im Gasthaus Stigler herrschte wie immer reges Treiben und die Luft war erfüllt vom Klang fröhlicher Gespräche und dem Scheppern von Bierkrügen. Heinrich und Lena traten ein, die Wirtin Simone bemerkte sie sofort und kam fröhlich auf die beiden zu.

„Heinrich, Lena! Kommt herein, nehmt Platz", rief Simone und wies auf die fast vollen Tische. Sie lächelte einladend. „Es ist gut, euch beide zu sehen. Warum setzt ihr euch nicht einfach zu Markus und David? Der Tisch dort hinten hat noch Platz."

Lena spürte, wie sich ihr Magen zusammenzog, doch sie wollte die Gelegenheit nutzen. „Das klingt gut, Simone, danke", erwiderte sie und gab ihrem Vater einen kurzen, entschlossenen Blick. Heinrich nickte zögernd, aber stimmte zu. Er schien zu ahnen, dass dies der perfekte Moment sein könnte, um die angespannte Situation zu klären.

Ohne dass Simone etwas von dem aktuellen Streit ahnte, führte sie die beiden zum Tisch, an dem Markus und David saßen. Als Markus Heinrich sah, verengten sich seine Augen, doch David legte seinem Vater kurz eine Hand auf die Schulter, um ihn zu beruhigen. Lena setzte sich neben David und sie tauschten unauffällig einen kurzen, bedeutungsvollen Blick.

Das Schweigen, das über dem Tisch hing, war dicht und schwer. Simone brachte flink zwei Kellertrübe in den dafür typischen kugelförmigen Biergläsern für Heinrich und Lena, in der Hoffnung, die Stimmung etwas aufzulockern.

Nach einer Weile hob Heinrich sein Glas und sagte vorsichtig: „Markus, ich glaube, wir haben beide den Kopf ein wenig zu hoch getragen."

Markus schwieg einen Moment, dann hob er ebenfalls sein Glas und schob es mit einem knappen Nicken leicht nach vorne, als wollte er dem Handschlag zustimmen. „Ich habe wohl zu viel vermutet, Heinrich. Es sind harte Zeiten für uns beide. Aber das macht es nicht leichter, ruhig zu bleiben."

„Das stimmt", erwiderte Heinrich und nahm einen Schluck, bevor er fortfuhr. „Wir wissen beide, dass uns jemand gezielt schaden wollte. Wir haben beide Anzeige erstattet und vielleicht bringt das uns beiden was."

Markus schnaubte leise, aber ein bitteres Lächeln spielte um seine Lippen. „Die Polizei. Die haben genauso wenig Ahnung wie wir. Doch", und er sah Heinrich nun fest an, „falls wir zusammenarbeiten, könnten wir vielleicht das herausfinden, was die Polizei nicht schafft."

Die Worte schienen Heinrich zu überraschen, doch er nickte schließlich zustimmend. „Das klingt vernünftig, Markus. Solche Zeiten erfordern Zusammenarbeit, auch wenn uns das nicht leichtfällt."

David und Lena, die aufmerksam gelauscht hatten, warfen sich erneut einen heimlichen, erleichterten Blick zu. Die angespannte Stimmung wich langsam einem vorsichtigen Austausch und die beiden jungen Leute spürten, wie sich die Wogen zwischen ihren Vätern allmählich glätteten.

Am Ende des Abends reichten sich Heinrich und Markus schweigend die Hände. Es war kein übermäßiger Handschlag, eher ein festes, ruhiges Einverständnis – eine Geste, die mehr sagte als Worte.

# Die nächtliche Überraschung

Die Nacht hatte sich längst über Renchen-Ulm gelegt und die Fruntner-Apfelwiesen lagen im stillen Dunkel. Die vereinzelten Nachtwächter, die Pavel organisiert hatte, bewegten sich leise durch das Gelände oder suchten Deckung in der Dunkelheit. Jeder von ihnen war angespannt, die Augen wachsam, die Ohren auf jedes kleinste Geräusch gerichtet. Gheorghe, einer der erfahrenen Erntehelfer, lag versteckt in einer kleinen Senke am Rande der Wiese an der Kleinmättlestraße und hatte den besten Blick auf das Gelände.

Plötzlich bemerkte Gheorghe zwei schemenhafte Gestalten, die sich am gegenüberliegenden Rand der Wiese vorsichtig bewegten. Ihre Kleidung war dunkel und sie schlichen geduckt voran, als wollten sie möglichst unentdeckt bleiben. Gheorghe griff leise nach seinem Handy und wählte Pavels Nummer.

„Pavel", flüsterte er ins Telefon, ohne die Gestalten aus den Augen zu lassen. „Da sind zwei Leute. Dunkel gekleidet, sie sehen verdächtig aus."

„Gut gemacht, Gheorghe", antwortete Pavel. „Bleib ruhig und behalte sie im Auge. Ich komme sofort mit den anderen."

Ohne eine Sekunde zu verlieren, trommelte Pavel die restlichen Wachen zusammen. Mit schnellen Schritten eilten sie querfeldein in Richtung der Wiese, bereit, die beiden Gestalten zu stellen und ihre Pläne zu vereiteln. Der Puls der Männer raste, während sie sich in die Dunkelheit begaben und die Wiese betraten.

Schon von weitem konnten sie die Umrisse von mehreren Personen erkennen, die in eine wilde Prügelei verwickelt waren. Sie hörten das gedämpfte Ringen, leises Keuchen und die dumpfen Geräusche von Schlägen, die in der nächtlichen Stille noch bedrohlicher klangen. Pavel und seine Männer hielten keine Sekunde inne, sondern stürzten sich entschlossen in den Kampf und unterstützten ihre Kollegen.

Gheorghe und die anderen Wächter schlugen wild auf die beiden dunkel gekleideten Eindringlinge ein und die nächtliche Auseinandersetzung entwickelte sich zu einem unkontrollierten Gerangel. Mit Händen und Füßen wehrten sich die Unbekannten, aber sie waren gegen die zahlenmäßige Überlegenheit der Erntehelfer hoffnungslos unterlegen.

Inzwischen waren auch Heinrich und Lena auf dem Weg zur Wiese. Nachdem sie von Pavel benachrichtigt worden waren, hatten sie sofort beschlossen, selbst nach dem Rechten zu sehen. Heinrich steuerte den Wagen direkt auf die Wiese und die Scheinwerfer schnitten scharf durch die Dunkelheit und erhellten die Szenerie.

„Das kann doch nicht wahr sein", murmelte Lena, als sie das Chaos vor sich sah. „Eine Prügelei mitten in der Nacht."

„Bleib im Wagen, Lena", sagte Heinrich entschlossen, schaltete die Scheinwerfer auf volle Leuchtkraft und trat hinaus ins Freie, um Pavel und die anderen zu unterstützen.

Im grellen Licht sahen sie, wie Pavel und die acht Erntehelfer schließlich die beiden dunkel gekleideten Männer überwältigt hatten. Die Eindringlinge knieten im Gras, umringt von den Arbeitern, die sie festhielten. Pavels Blick war hart und entschlossen, während er einen der Männer am Kragen packte und auf die Beine zog.

„Was glaubt ihr eigentlich, wer ihr seid?" knurrte Pavel und zog dem Mann die Mütze vom Kopf. Doch kaum hatten Heinrich und Lena das Gesicht des Mannes im Licht der Scheinwerfer erkannt, wich ihre Fassungslosigkeit einem ungläubigen Staunen.

Der Mann, der da vor ihnen stand, war kein Unbekannter. Es war einer der Polizisten aus Oberkirch, derselbe, der erst vor wenigen Tagen ihre Anzeige aufgenommen hatte.

Heinrich konnte seine Überraschung kaum verbergen. „Was zum Teufel machen Sie hier?"

Der Polizist richtete sich auf, so gut es ging, während er das Unbehagen in den Gesichtern der anderen Männer wahrnahm. „Wir machen hier unseren Job", schrie er, während er den Staub von seiner Kleidung klopfte. „Erntediebstähle sind in letzter Zeit häufig vorgekommen, also haben wir beschlossen, die Wiesen zu überwachen. Wir wollten den Dieben auf die Schliche kommen."

Pavel, der noch immer die Hand fest um den Kragen des Polizisten hatte, ließ ihn schließlich los, wenn auch widerwillig. „Warum haben Sie sich dann nicht zu erkennen gegeben?"

„Wie denn? Wann denn?" fragte der zweite Polizist, der nun ebenfalls auf die Beine gezogen wurde. „Ihr habt ja sofort zugeschlagen!"

Heinrich, inzwischen etwas beruhigter, trat einen Schritt vor und verschränkte die Arme vor der Brust. „Und warum haben Sie uns nicht informiert? Wenn wir das gewusst hätten, wäre dieser ganze Ärger hier vermieden worden."

Der erste Polizist seufzte und warf Pavel einen entschuldigenden Blick zu. „Das war ein Fehler unsererseits. Wir dachten, dass es besser wäre, diskret vorzugehen. Schließlich wollten wir nicht, dass die Diebe Wind davon bekommen."

„Nun, das ist gründlich schiefgelaufen", murmelte Lena, die inzwischen ausgestiegen war und warf Pavel einen Blick zu, der gleichermaßen belustigt, wie erleichtert wirkte. Die ganze Szenerie war surreal – sie waren hierhergekommen, um die Diebe zu fangen, nur um letztendlich die Polizei zu erwischen.

Pavel schnaubte und zog schließlich seine Hand vom Kragen des Polizisten zurück. „Das nächste Mal wäre ein wenig Kommunikation hilfreich", sagte er mit einem grimmigen Lächeln.

Der Polizist nickte zerknirscht. „Sie haben völlig recht. Wir hätten Sie informieren sollen."

Ein leises Lachen ging durch die Reihen der Erntehelfer und die Anspannung, die den ganzen Tag über geherrscht hatte, löste sich allmählich in erleichterte Gelassenheit auf. Heinrich schüttelte den Kopf und stieg wieder ins Auto, bereit, zurück zum Hof zu fahren.

„Kommt, genug für heute Nacht", sagte er, während Lena sich ebenfalls ins Auto setzte. „Jetzt wissen wir zumindest, dass die Polizei auf unserer Seite ist."

Während Heinrich den Wagen wendete und die Scheinwerfer der Wiese allmählich den Rücken kehrten, blickte Lena gedankenverloren aus dem Fenster. Es war beruhigend zu wissen, dass sie nicht allein waren – doch das Rätsel um den wahren Dieb war damit noch lange nicht gelöst.

Während sich auf den Fruntner-Apfelwiesen die Missverständnisse klärten, herrschte auf der anderen Seite des Dorfes eine unheimliche Stille. Auf einer abgelegenen Apfelwiese der Breitners stand ein großer LKW ohne eingeschaltete Lichter am Rand der Wiese, in der Dunkelheit kaum zu erkennen. Neben dem Fahrzeug hielten sich etwa dreißig Männer in dunklen, eng anliegenden Klamotten, die Gesichter von Sturmmasken bedeckt, bereit für ihren Einsatz. In gespenstischer Stille bewegten sie sich in der Dunkelheit über die Wiese, so leise, dass nur das Rauschen der Blätter ihre Anwesenheit verriet.

Einer nach dem anderen schlich sich zu den Apfelbäumen. Einige der Männer kletterten geschickt die Stämme hinauf, bis sie die Äste erreichten, die schwer von reifen Äpfeln hingen. Mit vorsichtigen Bewegungen begannen sie, auf den Ästen zu wippen und sie mit ihren Körpern hin und her zu schwingen, sodass die Äpfel in dichten Schüben vom Baum fielen. Die Geräusche der fallenden Früchte wurden von der Nacht verschluckt und in der Dunkelheit hörte es sich fast so an, als würde ein sanfter Regen auf den Boden prasseln.

Unter den Bäumen knieten andere Männer und sammelten die heruntergefallenen Äpfel hastig in großen Säcken ein. Wie ein perfekt eingespieltes Uhrwerk bewegten sie sich von Baum zu Baum, jeder Handgriff saß, als hätten sie diesen Plan dutzende Male durchgespielt. Sack um Sack wurde gefüllt und der Lastwagen schien darauf vorbereitet zu sein, sie alle auf-zunehmen.

Der Fahrer des LKWs behielt die Wiese im Auge, die Hände fest am Lenkrad, bereit, den Motor jederzeit anzulas-sen und den Raubzug zu einem abrupten Ende zu bringen, sollte jemand das Geschehen bemerken. Doch die Straßen waren still und die Gruppe arbeitete mit einer fast beängsti-genden Präzision.

Auch in dieser Nacht lief bei den Dieben alles nach Plan.

# Ein Morgen voller Entdeckungen

Der nächste Morgen brach ruhig und klar über Renchen-Ulm an, aber die Stille war trügerisch. Auf dem Fruntner-Hof bemerkten Heinrich und Lena sofort, dass Pavel und die anderen Erntehelfer, die nachts Wache gehalten hatten, schon früh auf den Beinen waren. Die Nacht war für sie alles andere als ruhig verlaufen. Mit einer Mischung aus Belustigung und Erleichterung erzählten die Männer vom nächtlichen Missverständnis und wie sie die Polizisten aus Oberkirch verprügelt hatten.

„Zumindest wissen wir jetzt, dass sie ebenfalls hinter den Dieben her sind", sagte Heinrich mit einem grimmigen Lächeln. „Es scheint, als hätten wir Verbündete, auch wenn sie heimlicher vorgehen als uns lieb ist."

Doch die morgendliche Stimmung wurde bald durch ein anderes, drängendes Problem überschattet. Gerade als Heinrich und Lena über die Fortschritte des Tages sprachen, bog ein staubiger Jeep in die Einfahrt des Fruntner-Hofs. David Breitner sprang aus dem Wagen und rannte auf Heinrich zu, ohne sich die Zeit zu nehmen, die schmutzige Erntekleidung zu richten.

„Heinrich!", rief David außer Atem. „Wir haben ein ernstes Problem. Unsere große Apfelwiese an der Önsbacher Straße ist so gut wie leer."

Heinrich blinzelte überrascht. „Was meinst du, leer?"

„Ich meine, es sind kaum noch Äpfel an den Bäumen", keuchte David. „Wir wollten heute früh dort mit der Ernte beginnen, aber fast die ganze Wiese ist leer. Das sieht aus, als hätte jemand systematisch Baum für Baum geplündert. Mein Vater ist außer sich."

Lena und Heinrich tauschten einen ungläubigen Blick. Es schien, als hätte der nächtliche Diebstahl auf den Breitner-Wiesen stattgefunden, während die Fruntners mit den Polizisten an ihrer eigenen Wiese beschäftigt waren.

„Wie viele Bäume sind betroffen?", fragte Heinrich.

David schüttelte den Kopf. „Fast alle. Wir reden hier von unserer größten Wiese, vielleicht vierzig, fünfzig Bäume. Ich kann es nicht fassen, dass das niemand bemerkt hat. Das muss blitzschnell und äußerst organisiert abgelaufen sein."

Lena legte ihm beruhigend eine Hand auf die Schulter. „Wir können uns das gemeinsam ansehen und schauen, ob wir irgendwelche Spuren finden."

Kurze Zeit später trafen Heinrich, Lena und David bei der Breitner-Wiese ein. Es war ein bedrückender Anblick – Baum für Baum stand leer und die Äste, die eigentlich unter der Last der Früchte gebogen gewesen wären, hingen nun nutzlos in der Luft. Die wenigen Äpfel, die noch an den Bäumen hingen, waren klein und unreif – alles andere war offenbar systematisch abgeerntet worden.

„Seht euch das an", murmelte Heinrich und deutete auf den Boden. „Nicht einmal die Falläpfel wurden übrig gelassen."

David trat an den Rand der Wiese und bemerkte die Reifenspuren, die sich durch das feuchte Gras zogen. „Da", sagte er und zeigte auf die Spuren. „Ein LKW oder ein großes Fahrzeug muss hier gestanden haben."

Lena kniete sich neben die Spuren und fuhr mit den Fingern über die Abdrücke. „Diese Spuren sind frisch, wahrscheinlich von letzter Nacht."

Heinrich richtete sich auf und sah David entschlossen an. „Das war kein Zufall. Hier war eine professionelle Gruppe am Werk. Solche Mengen kann man nicht einfach in der Dunkelheit stehlen, ohne eine eingespielte Mannschaft zu haben."

David nickte verbittert. „Das dachte ich mir auch. Ich werde versuchen, die Polizei noch einmal zu überzeugen, sich den Schaden genauer anzusehen. Aber ehrlich gesagt – nach dem, was wir gestern erlebt haben, frage ich mich, ob sie wirklich hilfreich sein werden."

Lena legte ihm eine Hand auf die Schulter. „Es bleibt uns nichts anderes übrig, als es zu versuchen. Und vielleicht, mit diesen neuen Beweisen, werden sie den Diebstahl ernster nehmen."

Nachdem die Gruppe die Reifenspuren und die leeren Bäume begutachtet hatte, begaben sich Lena und Heinrich zurück zum Fruntner-Hof, während David zur Polizei fuhr, um Bericht zu erstatten. Die Stimmung auf dem Fruntner-Hof war gedrückt und Pavel trommelte die Arbeiter zusammen, um die Wachen für die kommende Nacht neu zu organisieren. Es schien, als müssten sie auf das Schlimmste gefasst sein.

Währenddessen saß Heinrich in der Küche mit einem großen Kaffee vor sich und starrte nachdenklich in die Tasse. „Die Diebe müssen genau gewusst haben, wann sie wo zuschlagen konnten", sagte er schließlich. „Jemand beobachtet uns."

Gabi, die seine Worte hörte, nickte. „Das ergibt Sinn. Es muss ein Plan dahinterstecken, jemand, der uns und unsere Bewegungen genau kennt."

Lena, die ebenfalls am Küchentisch saß, schaute nachdenklich aus dem Fenster. „Das bedeutet aber auch, dass wir eine Chance haben, sie zu fangen, wenn wir ihren Plan durchschauen."

Heinrich hob den Blick. „Vielleicht sollten wir die nächsten Schritte genauso geplant angehen wie sie. Was wäre, wenn wir den Spieß umdrehen und versuchen, sie in die Falle zu locken?"

Heinrich lehnte sich vor und zog eine Karte des Dorfes und der umliegenden Apfelwiesen auf dem Tisch zu sich heran. Er fuhr mit dem Finger entlang der Wege, die zu den verschiedenen Feldern führten, während Lena und Gabi aufmerksam zusahen.

„Wenn wir davon ausgehen, dass die Diebe uns beobachten", begann Heinrich nachdenklich, „dann müssen wir annehmen, dass sie unsere Muster kennen – unsere Arbeitszeiten, die Routen der Nachtwachen, vielleicht sogar die Stellen, an denen wir am wenigsten wachsam sind."

Lena nickte. „Dann könnten wir sie in die Irre führen. Was, wenn wir die Wachen an einer bestimmten Wiese konzentrieren, aber gleichzeitig andere Bereiche unauffällig überwachen? Sie erwarten, dass wir reagieren, wie wir es bisher getan haben."

Heinrich lächelte schmal. „Genau. Wir lassen sie denken, dass wir unsere Kräfte auf eine einzige Wiese konzentrieren. Währenddessen könnten Pavel und ein paar Männer unauffällig die angrenzenden Wiesen überwachen, von denen aus man gute Sicht auf die Umgebung hat."

Gabi nickte zustimmend. „Das ist ein guter Plan. Aber wir müssen vorsichtig sein. Wenn jemand wirklich Informationen an die Diebe weitergibt, könnten sie den Plan durchschauen. Wir müssen darauf achten, dass niemand außerhalb des engen Kreises etwas erfährt."

Heinrich nickte und wandte sich an Lena. „Wir erzählen es nur Pavel und den Wachen, die wir absolut vertrauen können. Vielleicht sollten wir die Wachen sogar regelmäßig durch tauschen, damit es den Dieben schwerer fällt, ein Muster zu erkennen."

Lena und Heinrich überlegten, welche der Erntehelfer zuverlässig und verschwiegen genug waren, um in das Vertrauen gezogen zu werden. Gheorghe, der am Vorabend die verdächtigen Gestalten bemerkt hatte, kam ihnen dabei als Erstes in den Sinn. Seine wachsamen Augen und seine ruhige Art machten ihn zum perfekten Kandidaten.

Am Nachmittag wurde der Plan den Auserwählten erklärt und Pavel nahm sich Gheorghe und ein paar andere Männer zur Seite, um die Aufgaben zu besprechen. Die Männer verstanden die Bedeutung des Vorhabens und verpflichteten sich, bei Bedarf auffällig die Position zu wechseln, um die

Diebe in die Irre zu führen. Gheorghe bekam den Befehl, sich an einer etwas abgelegenen, bewaldeten Stelle zu postieren, von der aus man mehrere Wiesen überblicken konnte.

„Haltet Ausschau nach allem Ungewöhnlichen", sagte Pavel ernst. „Wenn sich jemand nähert, lassen wir ihn erst handeln und schnappen zu, wenn sie mit ihrer Arbeit beginnen. Das ist unsere beste Chance."

Heinrich und Lena beobachteten den Aufbau mit gemischten Gefühlen. Der Plan war riskant und jeder von ihnen wusste, dass es keine Garantie für den Erfolg gab. Aber mit der Bedrohung im Nacken hatten sie kaum eine andere Wahl.

„Wir müssen diese Nacht wachsam bleiben", sagte Heinrich schließlich und drehte sich zu Lena. „Die Diebe werden früher oder später zurückkommen und dieses Mal werden wir vorbereitet sein."

Lena sah ihren Vater entschlossen an. „Und wenn sie kommen, werden wir zuschlagen."

# Große Pläne auf brüchigem Grund

Hauke Jansen stand breit grinsend auf dem verwitterten Kies des Hofes und verschränkte selbstzufrieden die Arme. Vor ihm hielt ein Lastwagen und zwei kräftige Männer luden vorsichtig zwei schwere Paletten voller leerer Schnapsflaschen ab. Die Flaschen glitzerten im Morgenlicht, als wären sie bereits gefüllt und bereit, den Markt zu erobern. Hauke konnte kaum die Augen von ihnen lassen. Sein Gesichtsausdruck spiegelte die Selbstgewissheit eines Mannes wider, der glaubte, die Oberhand zu haben.

„Hochwertige Flaschen, erstklassiges Design", murmelte er vor sich hin und nickte den Arbeitern kurz zu. „Alles, wie ich es bestellt habe."

Die Männer nahmen seinen knappen Kommentar stumm zur Kenntnis und stellten die Paletten neben der alten Scheune ab. Kaum waren sie fertig, zog Hauke einen Scheck aus der Tasche seines teuren Sakkos und übergab ihn dem Fahrer. Ohne ein weiteres Wort drehte er sich wieder den Flaschen zu und betrachtete sie mit einem Blick, als wären sie bereits voller edlen Apfelbrandes, bereit, seinen Namen in der Welt der Spirituosen zu festigen.

„Bald gehört der Markt mir", flüsterte er in sich hinein, den Blick weiterhin auf die Paletten gerichtet. In seiner Vorstellung sah er bereits das prächtige Etikett auf jeder Flasche: „Ulmer Polizeiapfel – ein Erzeugnis aus der einzigartigen Tradition der Sutterer-Familie, nur bei Hauke Jansen."

Doch das Flaschen-Label war nicht die einzige Zukunftsvision, die ihn heute beschäftigte. Sein Blick schweifte über das alte Haus seines verstorbenen Onkels, das sich wie ein Relikt einer vergangenen Zeit neben der Scheune erhob. Die Holzbalken des Gebäudes waren verwittert, die Fensterrahmen morsch und das Dach hing an einigen Stellen gefährlich durch. Doch Hauke verspürte nicht das geringste Interesse, dieses alte Gemäuer zu erhalten. Für ihn symbolisierte es nur eine vergessene Generation und eine Last, die er nicht länger tragen wollte.

„Das hier", sagte er leise zu sich selbst und machte eine abwertende Geste in Richtung des Hauses, „wird bald der Vergangenheit angehören."

Er stellte sich bereits vor, wie das alte Haus dem Erdboden gleichgemacht und eine luxuriöse Villa an seiner Stelle errichtet würde. Große Fenster, hochmoderne Architektur, vielleicht sogar ein Pool – etwas, das seinem zukünftigen Status angemessen war. Hauke konnte es kaum erwarten, die Bagger rollen zu lassen und die Überreste der alten Sutterer-Familie dem Staub zu übergeben.

„Mit dem richtigen Kapital", murmelte er, während er eine der leeren Flaschen prüfend hochhob, „wird dieser Hof bald mehr wert sein, als er jemals war. Mein Apfelbrand wird die Konkurrenz aus dem Weg räumen – schließlich ist er der einzige aus dem Ulmer Polizeiapfel."

Das geerbte Brennrecht betrachtete er als eine Art Freifahrtschein, um endlich das große Geld zu machen. Von der harten Arbeit, die notwendig war, um dieses Erbe zu erhalten, hielt er wenig. Ordnung auf dem Hof? Reparaturen? All das war ihm lästig. Hauke hatte nichts dafür getan, das alte

Gebäude in Schuss zu halten oder die Obstwiesen zu pflegen, die einst die Grundlage des Familiengeschäfts gebildet hatten. Stattdessen sah er den Hof nur als Sprungbrett für seine Ambitionen – als Weg zum schnellen Profit, ohne den umständlichen Aufwand und die Traditionen, die seine Vorfahren noch gepflegt hatten.

„Sollen die anderen sich ruhig abmühen", dachte er selbstzufrieden und drehte die Flasche in seiner Hand. „Ich werde mich um das Wichtige kümmern: das Image, die Vermarktung, das große Geld."

Als der Fahrer ihm zunickte, das Fahrzeug startete und vom Hof rollte, blieb Hauke allein zurück, die Arme fest verschränkt und sein Blick wanderte noch einmal zu den Paletten. Diese Flaschen – leer und bereit für ihren hochwertigen Inhalt – erschienen ihm fast wie eine leise Verheißung seines zukünftigen Erfolgs.

# Ein riskantes Spiel

In den frühen Morgenstunden des nächsten Tages kehrten Lena und Heinrich mit schweren Augen und angespannten Gedanken zum Fruntner-Hof zurück. Die Nacht war ohne größere Vorkommnisse verlaufen, aber die Ereignisse der letzten Tage hatten bei allen Spuren hinterlassen. Der nächtliche Diebstahl auf der Breitner-Wiese, die unverhoffte Begegnung mit den Polizisten und die Reifenspuren eines LKWs – all das ließ sie nicht los. Der Gedanke, dass die Diebe immer einen Schritt voraus zu sein schienen, nagte an Heinrich.

Pavel hatte bereits das Frühstück für die Arbeiter vorbereitet und saß mit Gheorghe und den anderen Wachen am Tisch, als Heinrich und Lena hinzukamen. Gheorghe warf Heinrich einen festen Blick zu und berichtete von der nächtlichen Überwachung: „Alles ruhig auf unseren Wiesen. Kein Zeichen von Bewegung."

Heinrich nickte nachdenklich. „Dann haben die Diebe vielleicht tatsächlich das Interesse verloren – oder sie sind vorsichtiger geworden."

„Ich glaube, das war nur eine kurze Pause", meldete sich Lena zu Wort. „Sie sind darauf aus, die gesamte Ernte mitzunehmen. Sie planen sorgfältig und werden zurückkommen, wenn sie sicher sind, dass niemand sie stört."

„Also müssen wir ihnen eine Falle stellen", murmelte Heinrich und sah die versammelten Arbeiter nacheinander an. „Pavel, was denkst du – könnten wir die Wachen so organisieren, dass sie sich unauffällig bewegen und dabei alle

60

Wiesen abdecken? Ich möchte, dass die Diebe keine Möglichkeit haben, noch einmal unbemerkt zuzuschlagen."

Pavel nickte und ein entschlossenes Funkeln trat in seine Augen. „Ja, Heinrich. Wenn wir die Posten immer wieder verlagern und rotieren, schaffen wir ein Muster, das für Außenstehende schwer zu durchschauen ist."

Lena sah ihren Vater an und ergänzte: „Vielleicht sollten wir diesmal auch verstärkte Scheinwerfer installieren, die einen Alarm auslösen. Wenn die Diebe im Dunkeln auftauchen, können wir sie sofort sichtbar machen."

Später an diesem Tag machte sich David Breitner auf den Weg zum Fruntner-Hof. Er wusste, dass die nächsten Schritte entscheidend sein würden und dass der anhaltende Konflikt zwischen den Familien nur eine gemeinsame Lösung schwerer machte. Heinrich, der ihn kommen sah, trat ihm entgegen, die Miene angespannt.

„David", begrüßte er ihn und bot ihm einen Platz auf der Bank vor dem Haus an. „Es freut mich, dass du gekommen bist. Wir haben einiges zu besprechen."

David nickte und setzte sich neben Heinrich. „Ich weiß, dass die Spannungen zwischen unseren Familien die Situation nicht leichter machen", begann er, „aber die Diebstähle betreffen uns beide. Es ist klar, dass diese Diebe nicht vorhaben, einfach zu verschwinden."

Heinrich runzelte die Stirn. „Ich frage mich, ob jemand von uns beobachtet wird. Sie wissen genau, wo und wann sie zuschlagen können und das kann kein Zufall sein."

„Wir sollten einen Schritt vorausdenken", schlug David vor. „Vielleicht könnten wir jemanden als Lockvogel einsetzen – jemanden, der sich auffällig auf den Wiesen zeigt, sodass die Diebe glauben, eine Gelegenheit vor sich zu haben."

Lena, die das Gespräch mithörte, kam hinzu und nickte zustimmend. „Ich könnte die Rolle übernehmen. Die Diebe sehen mich als Tochter des Hofes und das könnte ihnen den Eindruck vermitteln, dass wir unvorsichtig sind."

Heinrich überlegte einen Moment und blickte zu Pavel, der sich der kleinen Gruppe angeschlossen hatte. „Was denkst du? Kann das funktionieren?"

Pavel nickte langsam. „Es könnte klappen. Wenn die Diebe bemerken, dass eine Person allein auf den Wiesen ist, könnten sie ihre Chance nutzen wollen."

„Dann machen wir das so", entschied Heinrich, seine Stimme entschlossen. „Lena wird sich heute Abend als Lockvogel dort aufhalten und die Gegend beobachten. Wir anderen verstecken uns in der Nähe, bereit, zuzuschlagen, wenn die Diebe auftauchen."

Ein Lächeln schlich sich auf Davids Gesicht. „Gut. Dann haben wir vielleicht endlich die Möglichkeit, diesen Dieben das Handwerk zu legen."

Am späten Abend saß Lena im Schatten eines Apfelbaums, die Nerven angespannt und die Augen fest auf die Umgebung gerichtet. Das Funkgerät war ruhig und alles schien wie geplant zu verlaufen. Doch plötzlich raschelte es leise hinter ihr. Noch bevor sie sich vollständig umdrehen konnte, spürte sie einen kräftigen Griff an ihrem Arm und ihr Mund wurde zugehalten. Eine Hand drückte fest auf ihre Schulter, sodass sie sich kaum bewegen konnte.

Lena öffnete den Mund, um zu schreien, doch in dem Moment riss ihr jemand das Funkgerät aus der Hand und ließ es auf den Boden fallen. Noch ehe sie einen Laut von sich geben konnte, schob sich ein rauer Sack über ihren Kopf. Ihr Atem ging schneller und Dunkelheit umhüllte sie. Die Hände der Fremden hielten sie fest und hinderten sie daran, sich zu wehren.

„Kein Mucks, sonst bereust du es", zischte eine tiefe, kalte Stimme dicht an ihrem Ohr. Der Griff an ihren Armen verstärkte sich und Lena spürte, wie sie beinahe den Boden unter den Füßen verlor. Sie wurde grob vorwärts geschoben, ihre Hände fest an den Körper gedrückt.

Schritt für Schritt wurde sie von dem Baum weggeführt. Die Stimmen der Männer um sie herum waren leise, doch sie konnte das gelegentliche Knirschen des Kieses unter ihren Füßen. Niemand schien bemerkt zu haben, was ihr widerfuhr.

Nach einigen Metern hörte sie, wie sich eine Autotür öffnete. Sie wurde ohne Vorwarnung auf den Rücksitz eines Fahrzeugs gestoßen und die Tür fiel hinter ihr zu. Der Geruch von muffigem Leder und abgestandenem Rauch drang durch den Stoff des Sacks und Lena spürte, wie das Auto losfuhr, ihre Gedanken wirbelten.

Wie viel Zeit vergangen war, wusste sie nicht, als das Fahrzeug endlich stoppte und man sie aus dem Auto zog. Kühle, feuchte Luft umgab sie und der modrige Geruch nach Erde und altem Holz ließ sie frösteln. Das Knarren einer alten Tür ertönte und die Hände an ihren Armen zogen sie in einen Raum. Sie stolperte die Stufen hinunter und mit einem harten Stoß wurde sie auf einen kalten Boden gesetzt.

„Hier bleibst du, bis wir wissen, was wir mit dir machen", sagte eine Stimme, bevor sich Schritte von ihr entfernten und das Knarren der Tür hinter ihr erklang.

Lena saß regungslos da, umgeben von Dunkelheit und dem unheimlichen Schweigen der Umgebung.

Zur selben Zeit auf der Apfelwiese saß David angespannt in seinem Versteck und hielt das Funkgerät in der Hand. Sie hatten vereinbart, dass er alle fünf Minuten einmal die Sprechtaste drückte und Lena mit zweimaligem Drücken antwortete – ein einfaches Signal, das sie immer daran erinnern sollte, dass sie nicht allein war und jemand auf sie achtete.

In der ersten halben Stunde war alles wie geplant verlaufen. David drückte die Taste und jedes Mal folgte Lenas leises, aber beruhigendes „Doppelklicken." Doch nun, als er wieder das Signal absetzte, kam keine Antwort.

David runzelte die Stirn und wartete, vielleicht war sie abgelenkt gewesen. Doch als auch nach weiteren Sekunden kein Doppelklick kam, meldete sich ein unangenehmes Gefühl in seiner Magengrube.

„Lena, hörst du mich?", flüsterte er ins Mikrofon und wartete angespannt auf eine Reaktion.

Stille. Kein einziges Geräusch war zu hören, nur das leise Rauschen des Funkgeräts.

David biss sich auf die Lippen, sein Puls beschleunigte sich. Er drückte erneut die Sprechtaste, einmal, so wie sie es abgemacht hatten. Doch wieder blieb die Antwort aus. Eine dumpfe Sorge kroch ihm die Kehle hinauf.

„Lena, bitte, wenn du das hörst, gib ein Zeichen", murmelte er, wobei er versuchte, seine Stimme ruhig zu halten.

Die Stille war diesmal unerträglich. David erhob sich vorsichtig aus seinem Versteck und sah sich um, ob jemand in der Nähe war, der etwas gesehen oder bemerkt haben könnte. Es war unnatürlich still auf der Wiese. Die anderen Wachen, verstreut über das Gelände, schienen nichts Verdächtiges bemerkt zu haben.

David funkte mit leiser, drängender Stimme zu Heinrich und Pavel durch. „Ich habe kein Signal von Lena. Sie antwortet nicht auf das Funkgerät. Irgendetwas ist nicht in Ordnung."

Heinrichs Antwort kam sofort, seine Stimme klang scharf und wachsam. „Bleib ruhig, David. Wir kommen sofort. Sie könnte ausgerutscht sein oder ihr Funkgerät verloren haben."
David nickte, obwohl er wusste, dass Heinrich ihn nicht sehen konnte. „Ja, aber ich habe ein schlechtes Gefühl. Es wirkt, als wäre sie einfach verschwunden."

Pavel und Heinrich trafen schnell bei ihm ein und die Männer teilten sich auf, um die Wiese abzusuchen. Sie fanden das Funkgerät, das man Lena aus der Hand geschlagen hatte, im Gras – stumm und verlassen.

„Das ist nicht gut", murmelte Heinrich und sein Gesicht wurde bleich. „Wo ist sie? Was ist hier passiert?"

Pavel legte ihm eine Hand auf die Schulter. „Keine Panik, Heinrich. Vielleicht musste sie nur für kleine Meerjungfrauen, ist im Dunkeln gestolpert und wir finden sie gleich hier irgendwo."

Pavel, Heinrich und David durchkämmten die Wiese und leuchteten mit ihren Taschenlampen jeden Winkel aus, doch außer Lenas verlorenem Funkgerät und ein paar zertrampelten Grashalmen fanden sie nichts. Ihre Stimmen hallten durch die Dunkelheit, als sie ihren Namen riefen, lauter und eindringlicher mit jedem Versuch.

„Lena!", rief Heinrich wiederholt, seine Stimme bebte und er kämpfte gegen die Panik in seiner Brust an. „Lena, bitte, wo bist du?"

David war ein Stück voraus und drehte sich immer wieder um, lauschte auf das leiseste Geräusch und spähte angestrengt in die Dunkelheit. Der Schein seiner Taschenlampe tanzten über die Bäume und Büsche, doch nichts wies darauf hin, dass Lena irgendwo in der Nähe war.

Heinrich, der mittlerweile außer Atem und voller Unruhe war, murmelte leise vor sich hin. „Das hätte ich nie zulassen dürfen. Was habe ich mir nur dabei gedacht?" Er biss sich auf die Lippen und schlug die Faust in die Handfläche, die Verzweiflung und Selbstvorwürfe in seinem Gesicht kaum zu verbergen. „Sie hätte nicht allein hier draußen sein dürfen. Wie soll ich das nur Gabi erklären? Was soll ich ihr sagen?"

Pavel legte ihm erneut eine Hand auf die Schulter, doch Heinrich schüttelte sie ab und stürmte weiter über die Wiese. „Lena!", schrie er so laut, dass seine Stimme in der Dunkelheit widerhallte.

David hatte inzwischen sein Handy herausgeholt und die Nummer der Polizei gewählt. „Wir brauchen Hilfe. Meine Freundin ist verschwunden. Sie wurde vermutlich entführt", erklärte er mit gepresster Stimme, während er versuchte, seine Fassung zu wahren. „Ja, auf einer Apfelwiese an der L88, die Oberkircher Straße … ja, 800 Meter nach dem Kreisverkehr … wir haben nichts gefunden, nur ihr Funkgerät."

Wenige Minuten später tauchten die ersten Polizeiwagen auf, das Blaulicht warf ein flackerndes Licht über die Bäume und die Beamten stiegen schnell aus. Sie brachten zusätzliche Taschenlampen mit und machten sich daran, das Gelände systematisch abzusuchen. Heinrich, David und Pavel standen beiseite, während die Beamten die Umgebung absuchten und versuchten, irgendwelche Anzeichen zu finden, die auf Lenas Verbleib hindeuten könnten.

Ein älterer Polizist kam auf Heinrich zu und legte ihm eine Hand auf die Schulter. „Herr Fruntner", sagte er ruhig, „wir tun alles, was wir können, aber im Moment gibt es keine klaren Spuren. Keine Reifenspuren, keine Kleidungsstücke, nichts."

Heinrichs Augen füllten sich mit Tränen des Zorns und der Verzweiflung.

„Aber sie muss doch irgendwo sein! Sie kann doch nicht einfach verschwunden sein. Bitte, suchen Sie weiter, ich flehe Sie an!"

Der Polizist nickte, sein Blick ernst und verständnisvoll. „Wir geben nicht auf. Aber solche Nächte können lang werden. Wir müssen die Geduld und den Fokus bewahren."

Heinrich stand wie versteinert da, die Hände zu Fäusten geballt, sein Blick in die Dunkelheit gerichtet. In seinem Kopf tobte das Bild seiner Tochter, allein und hilflos in den Händen Unbekannter und er wusste nicht, wie lange er dieses Gefühl der Ohnmacht ertragen konnte.

# Im Dunkel des Verlieses

Lena saß zitternd auf dem kalten Boden, der feuchte Modergeruch des Raums drang ihr in die Nase und verstärkte das Gefühl, gefangen und allein zu sein. Sie hatte keine Ahnung wie viel Zeit inzwischen vergangen war. Die Stille um sie herum war allgegenwärtig, als hätte die Dunkelheit jede Hoffnung verschluckt. Ihr Herzschlag hämmerte in ihrer Brust und ihre Atmung ging flach und schnell, während sie sich zwang, die Panik nicht die Oberhand gewinnen zu lassen. Sie wusste, dass sie jetzt nicht schwach werden durfte – sie musste stark bleiben.

„Ich muss hier raus", flüsterte sie leise, mehr zu sich selbst als zu jemand anderem. Es war ein verzweifelter Versuch, ihre Gedanken zu ordnen und die Angst zu bezwingen.

Nach einigen tiefen Atemzügen begann sie, ihre Möglichkeiten abzuwägen. Ihre Hände waren hinter ihrem Rücken zusammengebunden, doch ihre Beine waren frei und sie spürte den Stoff des Sacks, der ihr über den Kopf gezogen worden war. Vorsichtig ließ sie sich zur Seite kippen und begann, ihren Kopf gegen den Boden zu drücken, das Gesicht rieb sich unangenehm über den rauen, schmutzigen Untergrund, als sie versuchte, den Sack zu lockern. Der Stoff schürfte an ihren Wangen, doch sie ignorierte den Schmerz.

Endlich spürte sie, wie sich der Sack verschob und mit einem letzten, kraftvollen Ruck befreite sie ihren Kopf. Sie sog die feuchte Kellerluft ein, spürte, wie ihr Gesicht kühl wurde und blinzelte in die dichte Dunkelheit. Der schwache Lichtschein, der durch eine Ritze in einer alten Tür fiel, erhellte kaum den Raum, aber es war genug, um die Umrisse des

Verlieses und die Ecken zu erkennen. Sie fühlte sich immer noch gefangen, doch wenigstens konnte sie nun sehen.

Ihre Hände pochten von den festen Fesseln, doch sie zwang sich, den Schmerz auszublenden und ihre Umgebung zu erfassen. Am Rand des Raumes lag ein Haufen verstaubter, verrosteter Werkzeuge. Lena kroch darauf zu und tastete den Haufen ab, bis ihre Finger auf eine alte Sichel stießen, die zwar stumpf und rostig war, aber vielleicht stark genug, um die Fesseln durchzuschaben.

Mit klopfendem Herzen und schmerzenden Handgelenken begann sie, die Fesseln gegen die rostige Klinge zu reiben. Das Metall schabte mühsam an dem Seil und jeder Zug verstärkte das Brennen an ihren Armen. Doch sie hielt durch und biss die Zähne zusammen, dachte an ihre Familie, an das Licht, das sie wiedersehen wollte und an ihre eigene Freiheit.

Nach einer gefühlten Ewigkeit gab das Seil endlich nach und Lena riss die Arme nach vorn. Die Freiheit prickelte in ihren Fingern und sie rieb ihre schmerzenden Handgelenke, bevor sie sich erneut zum Werkzeughaufen wandte. Sie wählte die Sichel und eine schwere Eisenstange, bereit, sich gegen alles zu verteidigen, was sich ihr in den Weg stellen könnte. Dann begann sie, nach einem Fluchtweg zu suchen, die Augen fest auf jeden Winkel und jede Ritze im Raum gerichtet.

Ihr Blick fiel auf eine kleine, hölzerne Klappe in Kopfhöhe. Vorsichtig trat sie näher, stellte sich auf die Zehenspitzen und drückte dagegen – die Klappe öffnete sich leise. Der Raum dahinter schien zu eng und finster, doch sie wusste, dass dies ihre einzige Chance war. Sie hob die Sichel und die Eisenstange in die Öffnung, zog sich mit den Händen hoch und schob sich vorsichtig durch die Öffnung. Die rauen Kanten schnitten in ihre Haut und als sie mit dem Fuß abrutschte, schlug sie sich das Bein gegen die harte Holzumrandung, ein stechender Schmerz durchzuckte sie. Doch sie hielt durch und zog sich weiter, bis sie endlich draußen auf festem Boden lag.

Keuchend und mit schmerzenden Gliedern rappelte sie sich auf und sah sich um. Sie war an der Rückseite des verlassenen Fachwerkhauses in der Ellengasse. Das alte Gebäude, mit bröckelnden Wänden und zersplitterten Fenstern, wirkte gespenstisch und verfallen. Doch sie hatte keine Zeit, lange zu verweilen. Lena stolperte los und trotz des stechenden Schmerzes in ihrem Bein zwang sie sich, weiter zurennen.

Die Ulmenstraße dehnte sich vor ihr aus und der Weg zurück ins Dorf schien endlos. Die Kälte biss in ihre Haut und jeder Atemzug fühlte sich an, als würde ihr die Luft aus den Lungen gepresst. Doch sie kämpfte gegen die Erschöpfung an, getrieben von der Angst, dass ihre Verfolger ihr auf den Fersen sein könnten.

Endlich tauchte das Gasthaus Stigler vor ihr auf und Lena fühlte einen Hauch von Erleichterung. Trotz der späten Stunde brannte noch Licht. Sie riss die Tür auf und stolperte hinein, den Körper zitternd, schmutzverschmiert und zerzaust, das Gesicht blass und vom Schock gezeichnet.

Simone, die gerade dabei war, die letzten Gläser zu spülen, drehte sich um und starrte Lena an. Das Glas in ihrer Hand wankte und sie ließ beinahe das Handtuch fallen, das sie um das Glas gewickelt hatte. „Lena? Um Himmels willen, was ist denn mit dir passiert?"

Simone trat sofort auf Lena zu, ihre Augen vor Sorge geweitet. Lena griff nach einem Stuhl, klammerte sich fest und zwang sich zu sprechen. „Simone", krächzte sie „bitte ruf Papa an."

Ihre Stimme klang schwach und heiser, doch Simone verstand sofort. Sie nickte und brachte Lena zum Tisch, bevor sie hastig zum Telefon griff. Sie wählte Heinrichs Nummer und warf immer wieder einen besorgten Blick zu Lena, die zitternd auf dem Stuhl saß und nach Luft rang. Simone stellte ein Glas Wasser vor sie hin und setzte sich dann ihr gegenüber, nahm Lenas zitternde Hand in ihre eigene und drückte sie fest. Sie wollte ihr Halt geben, ihr zeigen, dass sie in Sicherheit war.

„Trink, Lena", sagte Simone leise und hielt ihre Hand. „Alles ist gut. Du bist hier in Sicherheit."

Lena nahm einen kleinen Schluck, das Wasser beruhigte ihre brennende Kehle ein wenig. Doch ihr Herz schlug noch immer wie wild und in ihrem Kopf wirbelten die Ereignisse der letzten Stunden, ihr Körper bebte unaufhörlich. Simone hielt ihre Hand, sagte nichts weiter, sondern ließ sie nur spüren, dass sie nicht allein war.

Plötzlich hörten sie das Quietschen von Reifen auf der Straße vor dem Gasthaus. Lena zuckte zusammen und ihre Augen weiteten sich vor Panik. „Sie … sie haben mich gefunden!", flüsterte sie, ihre Stimme voller Angst. „Lass sie bloß nicht hier rein! Simone, bitte!!"

Simone drückte ihre Hand fester und schüttelte beruhigend den Kopf. „Keine Sorge, Lena. Hier bist du sicher."

Doch ihre eigenen Augen verrieten, dass auch gerade etwas mulmig wurde.

Im selben Moment flog die Tür auf und Heinrich stürmte ins Gasthaus, gefolgt von David, Pavel und einigen anderen. Heinrichs Gesicht zeigte eine Mischung aus Erleichterung und Erschöpfung, als er Lena erblickte. Ohne ein Wort zu sagen, trat er zu ihr, kniete sich hin und zog sie fest in seine Arme.

„Kind, bist du okay?", fragte er mit brüchiger Stimme und die Fürsorge in seinen Augen wischte jede Distanz fort.

Lena vergrub ihr Gesicht an seiner Schulter, die Anspannung löste sich in einem Augenblick, als sie die vertraute Nähe ihres Vaters spürte. Ihre Finger krallten sich an seinem Mantel fest, als ob sie sich vergewissern wollte, dass dies real war. Sie brach in Tränen aus, die unterdrückte Angst und der Schrecken der letzten Stunden brachen über sie herein. All die Unsicherheit, die Stille, die Panik – es bahnte sich seinen Weg in einem stillen, verzweifelten Weinen.

Heinrich hielt sie fest und strich ihr sanft über den Rücken, flüsterte leise Worte des Trostes, bis sich ihr Schluchzen langsam beruhigte. Simone stand auf und trat zurück, ließ Vater und Tochter in der stillen Umarmung verweilen, während die anderen schweigend dabei zusahen, ihre eigenen Gesichter von der Sorge und dem Mitleid für Lena gezeichnet.

Nur wenige Minuten später schien es, als hätte jemand das halbe Dorf aus dem Schlaf gerissen. Der sonst so ruhige Ortskern von Renchen-Ulm war von plötzlichem Leben erfüllt. Eigentlich hatte Pavel nur bei der Polizei angerufen, um mitzuteilen, dass Lena sicher zurückgekehrt war. Doch auf die

Frage, ob sie verletzt sei, hatte er im Eifer des Gefechts erwähnt, dass sie bluten würde. Was er nicht bedacht hatte, war, dass die Kratzer und Schrammen, die sie bei ihrer Flucht erlitten hatte, bei der Polizei als ernste Verletzungen aufgefasst wurden. Sofort alarmierte die Leitstelle einen Rettungswagen – die Einsatzkräfte wollten kein Risiko eingehen.

Und so schossen die Einsatzwagen aus allen Richtungen heran. Blaulichter durchbrachen die Dunkelheit der Nacht und die schrillen Töne der Martinshörner hallten durch die engen Straßen – das ganze Dorf schien aufzuwachen. Polizeiwagen aus Achern, Oberkirch und Renchen jagten durch Ulm, gefolgt von einem Rettungswagen, der mit hoher Geschwindigkeit und ohrenbetäubendem Sirengeheul direkt zum Gasthaus Stigler raste. Die Oberkircher Straße, Appenweierer Straße und Ulmenstraße leuchteten im pulsierenden Blau der Lichter, während die Signalhörner die Stille der Nacht durchbrachen.

Das Schauspiel war für die Bewohner von Renchen-Ulm wie eine Szene aus einem Film. Vom grellen Blaulicht angelockt, standen bald neugierige Nachbarn auf den Balkonen, einige schauten aus den Fenstern ihrer Häuser, andere zogen sich hastig Mäntel über und kamen auf die Straße, um aus der Nähe zu sehen, was hier vor sich ging. Da das Gasthaus Stigler das Ziel der Einsatzkräfte war, vermuteten die Ulmer, dass mit Simone etwas passiert sein könnte. Besorgt tauschten sie flüsternde Worte, während sie sich dem beleuchteten Ort näherten.

Zu allem Überfluss kamen nun auch noch einige Mitglieder der Freiwilligen Feuerwehr angerannt, die von dem Tumult geweckt worden waren und für den Ernstfall bereitstehen wollten. Ihre Jacken trugen die leuchtenden Abzeichen der Feuerwehr und sie hielten sich besorgt in der Nähe der Einsatzwagen bereit.

Alles in allem war es ein Wirrwarr aus vielen Menschen und Einsatzwagen.

Im Gasthaus selbst, das zum Zentrum des nächtlichen Geschehens geworden war, herrschte eine eigenartige Mischung aus Ruhe, Chaos und Ordnung. Heinrich stand eng bei seiner Tochter und versuchte, Ruhe zu bewahren, während drei Polizisten, zwei Rettungssanitäter und David um sie herumstanden und sich fragend ansahen. Die Sanitäter beugten sich besorgt über Lena, die auf einem Stuhl saß und mit dem ganzen Aufgebot sichtlich überfordert war. Ihr Gesicht wirkte erschöpft und die tiefen Schatten unter ihren Augen zeugten von den durchlebten Strapazen.

„Ist das wirklich notwendig?", fragte Heinrich in festem und leicht gereiztem Ton, als einer der Sanitäter begann, Lenas Arm mit einer Taschenlampe zu beleuchten und die Kratzer zu begutachten. „Sie will doch einfach nur nach Hause."

Lena selbst konnte nur stumm nicken. Alles, was sie wollte, war in ihr Bett zu gehen und die Gesichter der Menschen, die sich um sie drängten, auszublenden. Sie spürte das überwältigende Bedürfnis, dass ihr Vater sie einfach nur auf den Arm nehmen und nach Hause bringen würde, fort von diesem Durcheinander.

„Es sieht wirklich nur nach ein paar Kratzern aus", sagte der zweite Sanitäter schließlich und nickte seinem Kollegen zu. „Nichts Lebensbedrohliches."

Einer der Polizisten, ein erfahrener Beamter mit ernstem Blick, richtete sich auf und sprach Heinrich direkt an. „Herr Fruntner, ich verstehe, dass das hier viel auf einmal ist, aber wir müssen ein paar Fragen stellen. Können Sie bestätigen, dass Lena hier im Ort entführt und verschleppt wurde?"

Heinrichs Gesicht verfinsterte sich und er schüttelte den Kopf. „Jetzt? Muss das wirklich jetzt sein? Sehen Sie doch, wie erschöpft sie ist."

Der Polizist nickte leicht, als er den aggressiven Blick von Heinrich spürte. „Wir können das auch morgen fortsetzen. Für heute sollten wir vielleicht tatsächlich alle zur Ruhe kommen."

Simone stand hinter der Theke und beobachtete das Ganze mit einer Mischung aus Sorge und Fassungslosigkeit. So viel Aufregung hatte das Gasthaus Stigler seit Jahren nicht mehr erlebt und ihr Blick wanderte immer wieder von Lena zu den Sanitätern und Polizisten, die hin und her eilten. Sie war froh, dass Lena in Sicherheit war, doch sie konnte sehen, wie überfordert das Mädchen mit der ganzen Aufmerksamkeit war.

„So, jetzt reicht's aber", rief Simone schließlich und verschränkte die Arme vor der Brust. „Lasst das arme Mädchen nach Hause gehen. Morgen habt ihr noch genug Zeit, alle Fragen zu stellen."

Einige Polizisten nickten schließlich und begannen, den Eingangsbereich freizumachen, während die Sanitäter ihre Ausrüstung zusammenpackten. Heinrich legte behutsam den Arm um Lena und half ihr auf die Beine. Sie lehnte sich müde gegen ihn und ein schwaches Lächeln huschte über ihr Gesicht, als sie die vertraute Wärme seines Arms spürte.

Simone trat auf sie zu und drückte Lenas Hand. „Ich bin froh, dass du zu mir gekommen bist. Erhol dich gut, mein Mädchen."

„Danke, Simone", murmelte Lena, ihre Stimme war kaum mehr als ein Flüstern. Sie war überwältigt von der ganzen Aufregung und der Erleichterung, endlich nach Hause zu dürfen.

Heinrich führte Lena durch die Menschenmenge hinaus, die sich vor dem Gasthaus versammelt hatte und nun eine Gasse vor ihnen bildete. Die Anwohner standen noch immer in Grüppchen und flüsterten miteinander. Einige nickten Heinrich zu und flüsterten ihm leise Worte der Erleichterung zu, andere beobachteten das Geschehen weiterhin neugierig.

Als Heinrich mit Lena in der Stille der Nacht in Richtung ihres Hauses fuhr, konnte sie die entfernten Sirenen der letzten Polizeiwagen hören, die langsam abdrehten. Das Dorf kehrte allmählich zur Ruhe zurück, doch in dieser Nacht würde wohl kaum jemand sofort wieder einschlafen.

# Ein Morgen der Sorgen und Beobachtungen

Die ersten Sonnenstrahlen tauchten den Fruntner-Hof in ein sanftes, goldenes Licht. Doch der Frieden des Morgens war trügerisch – eine unbestimmte Anspannung lag in der Luft. Heinrich hatte schlecht geschlafen und war früh aufgestanden. Jetzt ging er mit nachdenklichem Blick zur Scheune, wo Pavel bereits in die Arbeit vertieft war.

Die Gespräche der Erntehelfer klangen gedämpft, fast flüsternd, als ob die Stille des Morgens nicht gebrochen werden sollte. Die Geschehnisse der letzten Nacht hatten alle aufgewühlt und die sonst so vertraute Betriebsamkeit des Hofes wirkte heute langsamer, vorsichtiger.

Pavel bemerkte Heinrich und trat auf ihn zu, die Stirn in tiefe Falten gelegt. „Wie geht es Lena?", fragte er leise und respektvoll.

Heinrich seufzte und schüttelte den Kopf. „Sie schläft noch. Die Nacht war hart für sie." Er machte eine kurze Pause und starrte gedankenverloren auf den Boden. „Ich weiß nicht, wie sie das alles verarbeiten soll."

Pavel nickte mitfühlend. „Vielleicht sollten wir heute etwas langsamer machen. Die Leute sind aufgewühlt und … die Polizei wird sicher noch kommen, um Fragen zu stellen."

Heinrich presste die Lippen zusammen und blickte hinaus auf die umliegenden Wiesen. Er wusste, dass Pavel recht hatte, dass die Ernte für einen Tag warten konnte. Heute standen andere Dinge im Vordergrund.

In diesem Moment trat Gabi auf die Veranda, in der Hand eine Kanne Kaffee. Sie stellte sie auf den kleinen Holztisch, der dort stand und beobachtete ihren Mann und Pavel von Weitem. Nachdem Heinrich die Scheune verlassen hatte und zu ihr zurückkehrte, legte sie ihm eine Hand auf die Schulter.

„Vielleicht lassen wir heute etwas Ruhe einkehren", sagte er leise. „Die Polizei wird sicherlich vorbeikommen und ich möchte bei Lena sein. Und die Leute hier auf dem Hof, die brauchen Zeit, das zu verarbeiten."

Heinrich nickte langsam, das Gewicht der Verantwortung lastete schwer auf ihm.

Als er und Gabi den Blick über den Hof schweifen ließen, bemerkten sie auffällig viele Dorfbewohner, die heute zum kleinen Verkaufshäusle an der Hofeinfahrt kamen. Normalerweise kamen die Kunden vereinzelt, kauften ihre Produkte und gingen dann wieder ihrer Wege. Doch heute schien es anders – kleine Grüppchen hatten sich vor dem Verkaufshäusle gebildet. Die Leute standen beisammen, unterhielten sich in gedämpften Stimmen und warfen immer wieder Blicke in Richtung des Hofes.

Gabi und Heinrich tauschten einen schnellen Blick. „Es hat sich herumgesprochen", murmelte Gabi. „Sie sind hier, weil sie mehr wissen wollen."

Heinrich nickte. Die Ereignisse der letzten Nacht hatten nicht nur ihre Familie erschüttert, sondern auch das ganze Dorf in Aufruhr versetzt.

Am späten Vormittag saß Lena mit ihren Eltern am Küchentisch. Gabi hatte ihr ein dick mit Marmelade bestrichenes

Brot gemacht, das sie ihr liebevoll vor die Nase schob, obwohl Lena eigentlich keinen Appetit hatte. Doch der Duft des frisch gebackenen Bauernbrotes, das eine Nachbarin stillschweigend auf dem Verandatisch abgelegt hatte, füllte die Küche und ließ sie schließlich doch einen Bissen nehmen.

Auf dem Tisch stand ein bunter Strauß aus Wiesenblumen und Rosen, den eines der Serrer-Mädels am Morgen vorbeigebracht hatte. „Eine kleine Aufmunterung", hatte sie gesagt, bevor sie respektvoll wieder gegangen war, ohne eine einzige neugierige Frage zu stellen. Neben dem Strauß reihten sich die anderen liebevoll hinterlassenen Gaben der Dorfbewohner: zwei Dosen mit Wurst, ein Glas Honig, drei Gläser Marmelade und eine Tüte mit getrocknetem Kräutertee. Alle Geschenke waren im Laufe des Morgens still und leise auf dem Verandatisch abgelegt worden.

Gabi betrachtete den Tisch mit leiser Rührung und nickte in Richtung der Vorräte. „Es ist schön, wie sich die Ulmer um uns kümmern", sagte sie sanft und griff nach Lenas Hand. „Es ist, als ob alle wissen, wann Fragen zu viel wären und ein paar Kleinigkeiten besser ausdrücken, wie sehr sie mit uns fühlen."

Lena blickte auf die Blumen und nickte stumm. Es war ein Trost, wenn auch ein kleiner. Aber die Stille hielt nicht lange, denn Heinrich hatte sich sofort wieder entschuldigt – zum wiederholten Mal an diesem Morgen. „Ich hätte dich niemals so einer Gefahr aussetzen dürfen", murmelte er, die Hände um seine Kaffeetasse geklammert. „Ich … ich dachte nicht …"

„Papa, es ist nicht deine Schuld", sagte Lena leise, sah ihm dabei in die Augen und versuchte, seine Sorgen zu beruhigen.

Doch Heinrich schüttelte nur stumm den Kopf, als könne er sich selbst nicht verzeihen.

In diesem Moment hörten sie das vertraute Knirschen von Reifen auf dem Kiesweg. Alle drei Köpfe wandten sich in Richtung Fenster. Ein Polizeiwagen fuhren langsam auf den Hof und parkte neben dem Scheuneneingang. Gabi atmete tief ein, drückte Lenas Hand noch einmal und schob ihren Stuhl zurück. „Ich nehme an, die Polizei will heute Antworten."

Zwei Polizisten stiegen aus. Sie wechselten einen kurzen Blick, als ob sie sich noch einmal vergewisserten, behutsam vorzugehen, bevor sie sich auf den Weg zum Haus machten. Heinrich öffnete ihnen die Tür und führte die Beamten in die Küche, wo Lena am Tisch neben ihrer Mutter saß. Die Polizisten setzten sich ihr gegenüber und sahen Lena aufmunternd an.

Der ältere Beamte, ein Mann mit grauen Schläfen und ruhigem Blick, sprach als Erster. „Guten Morgen, Lena", begann er sanft. „Wir wissen, dass du in der letzten Nacht schreckliches erlebt hast. Es ist natürlich völlig in Ordnung, wenn du noch nicht alles erzählen möchtest. Aber wir wären dir dankbar, wenn du uns so gut es geht, schildern könntest, was passiert ist."

Lena atmete tief durch, blickte kurz zu ihren Eltern und begann dann langsam die Ereignisse der letzten Nacht zu erzählen. „Ich hatte mich in den Büschen an der Wiese versteckt", begann sie stockend, „wir wollten ja herausfinden, wer die Diebe sind", sagte sie mit leiser Stimme, „aber plötzlich … plötzlich hat mich jemand von hinten gepackt. Ich habe nichts gehört, nichts gesehen. Sie haben mich einfach überwältigt."

Der ältere Polizist nickte verständnisvoll und wartete einen Moment, bevor er weiter fragte. „Danke, dass du das mit uns teilst, Lena. Gab es denn vielleicht etwas, das dir an den Tätern aufgefallen ist? Irgendein Detail, ein Dialekt oder ein Geruch? Oder Geräusche, die du wahrgenommen hast? Manchmal sind es gerade solche Kleinigkeiten, die uns weiterhelfen können."

Lena hielt inne und versuchte, sich an Einzelheiten zu erinnern. „Sie haben kaum gesprochen", sagte sie schließlich, „aber ich glaube, ich habe etwas gehört … eine Stimme … es klang wie ein Dialekt, so, wie man hier in der Gegend spricht. Aber ich bin mir nicht sicher."

Die Polizisten nickten und machten sich einige Notizen. Der jüngere Beamte zog dann ein Foto aus einer Akte und legte es vorsichtig vor Lena und ihre Eltern auf den Tisch. „Heute Morgen habt die Spurensicherung auf der betreffenden Wiese diesen Zettel gefunden", erklärte er ruhig. „Er wurde an einem der Apfelbäume befestigt. Wir sind uns sicher, dass er letzte Nacht oder heute früh angebracht wurde, denn vorher war er nicht da."

Lena und Heinrich beugten sich über das Foto. Der Zettel war auf zerknittertem Papier geschrieben und enthielt in großen, krakeligen Buchstaben die Worte: „Veräpfeln können wir uns selber – wir holen uns, was uns gehört."

Heinrich starrte den Zettel an und sein Gesicht verzog sich vor Wut und Verwirrung. „,Was uns gehört' – als ob jemand wirklich glaubt, er habe ein Recht auf unsere Äpfel. Das ist doch absurd."

Der ältere Polizist nickte langsam. „Dieser Satz lässt vermuten, dass die Täter der Meinung sind, sie hätten einen Anspruch auf die Wiese oder zumindest auf die Ernte. Herr Fruntner, fällt Ihnen etwas ein, das diese Aussage erklären könnte? Gab es in der Vergangenheit Konflikte oder Streitereien um die Wiese?"

Heinrich schüttelte heftig den Kopf. „Alle unsere Wiesen gehören meiner Familie seit Generationen. Es gab nie einen Anspruch von außen oder einen Streit. Die einzigen, mit denen wir im Wettbewerb stehen, sind die Breitners – aber das ist rein geschäftlich. Es gibt keine offene Fehde, die so weit führen würde."

Gabi warf Heinrich einen besorgten Blick zu und ergänzte: „Wir haben natürlich immer wieder Spannungen gehabt, gerade in der Erntezeit. Aber so etwas? Nein, das geht über berufliche Konkurrenz hinaus."

Der Polizist schob das Foto zurück in seine Akte und blickte Heinrich ernst an. „Es ist möglich, dass hier jemand versucht, einen persönlichen Anspruch geltend zu machen, auch wenn es rechtlich oder historisch keinen gibt. Solche Vorfälle sind leider nicht selten, besonders wenn es um wertvolle Dinge geht."

Lena, die das Ganze aufmerksam verfolgte, spürte einen kalten Schauer bei den Gedanken an die Drohung, die sie nun zu verstehen begann. Diese Worte auf dem Zettel waren eine klare Provokation – fast, als wollte jemand eine Art Besitzanspruch auf ihre Familie und deren Ernte demonstrieren.

„Was werden Sie jetzt unternehmen?", fragte Heinrich mit finsterem Gesichtsausdruck.

„Wir werden die Wiesen verstärkt überwachen und zusätzliche Patrouillen einrichten", erklärte der Polizist. „Und wir setzen alles daran, diesen Fall schnell aufzuklären. Sollten Ihnen oder ihrer Familie noch Details einfallen, auch kleine Beobachtungen, die uns weiterhelfen könnten, lassen Sie es uns bitte sofort wissen."

Heinrich und Gabi nickten einvernehmlich und Lena fühlte sich für einen Moment etwas leichter.

Nachdem die Polizisten ihre Fragen beendet hatten, erhoben sie sich langsam von ihren Stühlen. „Danke für ihre Zeit und ihre Hilfe, Herr Fruntner, Lena, Frau Fruntner", sagte der ältere Beamte und nickte allen freundlich zu. „Wir fahren jetzt weiter zum Breitner-Hof. Die Familie Breitner hat ja ebenfalls einen großen Teil der Apfelernte verloren und wir möchten auch dort noch einige Fragen stellen."

Heinrich zögerte einen Moment, dann räusperte er sich. „Ich komme mit. Ich will nicht, dass Markus das in den falschen Hals bekommt. Ich habe nicht gesagt, dass er etwas damit zu tun hat und ich möchte, dass das auch so rüberkommt."

Der Polizist nickte verstehend. „Das ist in Ordnung, Herr Fruntner. Wir dürfen Sie nur nicht im Einsatzwagen mitnehmen. Aber Sie können gern hinter uns herfahren."

Kurz darauf stieg Heinrich in seinen Wagen und folgte dem Polizeifahrzeug in Richtung des Breitner-Hofs. Der Hof lag nur ein paar Minuten entfernt und als sie dort ankamen, warteten Markus und David bereits. Das Misstrauen in ihren Blicken war unverkennbar, doch Heinrich trat ruhig auf Markus zu und berichtete ihm, was die Polizisten von Lena erfahren hatten. Auch die Beamten stellten hier ihre Fragen und zeigten das Foto des Zettels, der an Heinrichs Apfelbaum gefunden worden war, doch die Antworten blieben ergebnislos.

Nachdem die Polizisten sich verabschiedet hatten, sah Markus Heinrich an und lockerte seinen angespannten Gesichtsausdruck. „Willst du nicht auf ein Bier bleiben?", fragte er. „Die Schwarzwaldmarie ist gerade wieder frisch im Ausschank. Komm, Heinrich, lass uns reden … nur wir zwei."

Heinrich ließ sich auf das Angebot ein und die beiden Männer gingen in das Wohnzimmer, wo Markus zwei Flaschen des goldgelben, fruchtigen Bieres von der örtlichen Brauerei Bauhöfer einschenkte. Sie stießen an und tranken in stillem Einverständnis. Nach ein paar Minuten des wortlosen Trinkens fing Heinrich schließlich leise an zu lachen. „Weißt du eigentlich noch, wie wir uns schon damals im Kindergarten gegenseitig an den Haaren gezogen haben? Und später auf dem Schulhof – kaum ein Tag verging ohne Streit zwischen uns."

Markus grinste und prostete ihm zu. „Ja und weißt du noch, wie ich dir mal das Rad vom Mofa geklaut habe? Du hast fast einen Monat lang fluchend in der Scheune gestanden und das Ding repariert."

Heinrich lachte. „Ja und ich hab dir ein paar Jahre später die Vorderreifen vom Fahrrad gelockert – so ein Gesicht machst du nie wieder, als du den Berg runter gerast bist und fast gestürzt wärst!"

Die beiden lachten schallend, das Geräusch hallte durch das alte Wohnzimmer und es fühlte sich an wie eine Last, die plötzlich von ihren Schultern abfiel. Die Stunden vergingen und Glas für Glas füllte sich und leerte sich wieder, während die Männer weiter in Erinnerungen schwelgten. Es war, als würden sie die Jahre der Feindseligkeit Schicht um Schicht abtragen und am Ende einander als alte Freunde neu entdecken.

Heinrich lehnte sich zurück und blickte ins Leere, ein nachdenkliches Lächeln auf den Lippen. „Weißt du, Markus, das Erstaunliche ist ja … ich kann mich beim besten Willen nicht mehr erinnern, warum wir überhaupt zerstritten sind. Irgendwann war es einfach so, als gehörte es zum Fruntner und zum Breitner dazu."

Markus nickte zustimmend und strich sich durchs Haar. „Stimmt. Die Breitners und die Fruntners waren schon immer so. Mein Vater und dein Vater haben sich bekriegt und davor schon unsere Großväter. Keiner wusste je warum, aber wir sind aufgewachsen mit dem Glauben, dass wir uns eben nicht mögen." Ein stilles Lachen entkam ihm. „Vielleicht haben wir den Streit tatsächlich selbst zusammengebastelt."

„Und festgehalten, über Generationen hinweg", ergänzte Heinrich nachdenklich und trank sein Glas aus. „Aber heute, wo man selbst Kinder hat und sie in Gefahr sind … da wirkt das alles nur noch wie ein alter Streich, wie damals, als wir Kinder waren."

Die beiden alten Rivalen, längst über den Durst getrunken, verbrachten den Nachmittag mit alten Geschichten und Anekdoten, von Streichen und Schandtaten, die sie sich als Kinder und Jugendliche angetan hatten. Zum ersten Mal seit

langem schien es, als könnten sie einander tatsächlich verzeihen.

# Der nächste Morgen

Als Heinrich am nächsten Morgen die Augen öffnete, traf ihn das Licht wie ein Hammer. Sein Kopf dröhnte und jeder Muskel schien gegen ihn zu arbeiten. Er konnte sich nur bruchstückhaft an den Abend erinnern – daran, wie David ihn im Tuk-Tuk nach Hause gefahren hatte und wie das Auto auf dem Breitner-Hof geblieben war, weil er selbst kaum noch geradeaus gehen konnte.

Langsam setzte er sich auf und atmete tief durch. Der gestrige Nachmittag mit Markus war mehr als nur ein feuchtfröhliches Besäufnis gewesen. Sie hatten gesprochen, gelacht, getrunken und schließlich, mit gemeinsamen Erinnerungen im Herzen und einem Gefühl des Friedens, die alte Rivalität beiseitegelegt. Der Kater und das vage Gefühl von Erleichterung – sie waren das Zeugnis eines Tages, an dem das Eis zwischen den Familien endlich gebrochen war.

Vorsichtig stand er auf und wankte zur Küche. Sein Kopf pochte, seine Knie fühlten sich weich wie Gummi an, aber ein starker Kaffee würde schon irgendwie helfen. Als er die Küchentür öffnete, blieb er jedoch überrascht stehen. David und Pavel standen am Küchentisch, die Köpfe nahe zusammengesteckt, ihre Mienen ernst und besorgt.

„Was für eine Trauerstimmung herrscht denn hier?", murmelte Heinrich und griff sich den Kaffeebecher, der vor ihm auf dem Tisch stand.

David hob den Blick und die düstere Sorge in seinen Augen ließ Heinrichs Kater wie weggeblasen erscheinen. „Heute Nacht waren sie wieder an unseren Bäumen", sagte David leise, doch die Worte schienen in Heinrichs Kopf zu explodieren. Mit einem Mal war er hellwach.

„Wie bitte?" Heinrichs Stimme war hart und schneidend. Die Erinnerung an die gestohlenen Äpfel kam sofort zurück, als wäre es erst gestern geschehen. „Schon wieder? Welche Wiese?"

Pavel trat einen Schritt vor und zeigte auf eine Karte von Renchen-Ulm, die auf dem Küchentisch ausgebreitet lag. „Die Apfelwiese in der Nähe vom Wohnmobilstellplatz, an der Önsbacher Straße", sagte er mit ernster Stimme.

„Wir hatten Wachen dort aufgestellt", murmelte Heinrich, während er die Stelle auf der Karte anstarrte. „Wie konnten die unbemerkt durchkommen?"

David schüttelte den Kopf. „Sie sind vermutlich von der anderen Seite gekommen. Die Wachen haben nichts gehört, nichts gesehen. Es war, als wären sie Geister."

Im selben Moment, als Heinrich die Worte verarbeitete, hörten sie das Geräusch eines Autos, das mit quietschenden Reifen auf den Hof schoss. Ein Polizeiwagen hielt abrupt und zwei Beamte der Oberkircher Polizei stiegen aus. Beide wirkten angespannt, doch in ihren Blicken lag ein Hauch von Triumph.

„Herr Fruntner", rief der eine Polizist und kam mit festen Schritten auf Heinrich zu. „Wir haben möglicherweise eine heiße Spur. Die Polizei Oberkirch hat zusammen mit der Kripo Offenburg einige Wildkameras aufgestellt und tatsächlich – letzte Nacht haben wir Aufnahmen von den Dieben bekommen."

Heinrich richtete sich auf und ein Funken Hoffnung blitzte in seinen Augen auf. „Aufnahmen? Von den Tätern?"

Der Polizist nickte und zog einen Umschlag aus der Tasche. „Ja, zumindest teilweise. Die Bilder sind ... eigenartig, um es milde auszudrücken."

Er legte die Fotos auf den Küchentisch und Heinrich, David und Pavel beugten sich darüber. Die Aufnahmen zeigten die Silhouette eines Lastwagens, riesig und drohend in der Dunkelheit. Doch das Fahrzeug wirkte seltsam verschwommen, fast wie ein geisterhafter Schatten. Das Schwarz des LKWs war so tief, dass nicht einmal Türgriffe oder Konturen erkennbar waren – es war, als wäre der LKW mit einem besonders matten Lack überzogen, der alle Details verschluckte. Man konnte ihn nur erahnen, eine dunkle, bedrohliche Präsenz inmitten der Apfelbäume.

„Dieser LKW ist wie ein Schatten", murmelte Heinrich, während er das Bild anstarrte. „Wer lackiert denn ein Fahrzeug so?"

„Das ist kein gewöhnlicher Lack", erklärte der Polizist. „Unsere Techniker vermuten, dass hier eine spezielle Beschichtung verwendet wurde, die Licht und Reflexionen minimiert. Ein solcher Lack ist teuer und wird normalerweise nur in der Luftfahrt oder für bestimmte militärische Zwecke eingesetzt."

Pavel runzelte die Stirn. „Also ist das hier eine professionelle Operation? Diebe, die wissen, was sie tun und offenbar auch über die entsprechenden Mittel verfügen."

Der Polizist nickte und deutete auf das nächste Foto. Darauf waren die Umrisse von Menschen zu sehen – eine Gruppe von mindestens zwanzig Personen, ebenfalls in Schwarz gekleidet und nur als geisterhafte Erscheinungen erkennbar. Sie bewegten sich geduckt und schnell von Baum zu Baumund auf einigen Aufnahmen schienen sie auf die Bäume zu klettern, als ob sie die Äste bearbeiteten, um die Äpfel herunter zu schütteln.

„Es sind keine klaren Aufnahmen, aber man sieht deutlich die Anzahl der Beteiligten", erklärte der Polizist. „Mindestens zwanzig Personen, alle in schwarzen Overalls oder ähnlichen Anzügen, die ebenfalls Licht verschlucken. Wir haben keinen einzigen klaren Umriss eines Gesichts oder einer Hand. Sie haben sich offenbar gezielt darauf vorbereitet, unentdeckt zu bleiben."

David schüttelte ungläubig den Kopf. „Das ist kein gewöhnlicher Diebstahl – das ist ja mehr als organisiert. Wer geht mit so einem Aufwand auf Apfeldiebstahl?"

„Genau das fragen wir uns auch", antwortete der Polizist und fuhr sich über die Stirn. „Das ist nicht der erste Fall, aber der Aufwand ist beispiellos. Diese Leute sind vorbereitet und zielgerichtet. Und das Ziel ist offenbar ausschließlich Apfelbäume."

# Absprachen und Verpflichtungen

Hauke Jansen lehnte sich in seinem Stuhl im Braustüb'l zurück und strich zufrieden über das glatte Tuch seines Anzugs. Der Tisch, an dem er saß, war unauffällig in einer Ecke platziert, weit genug entfernt von den anderen Gästen, um ungestört zu bleiben. Neben ihm saß ein Mann in ähnlicher Aufmachung, ein schlanker, scharfsinniger Geschäftstyp mit stechendem Blick und einem schmalen Lächeln. Die beiden hatten ihre Köpfe zusammengesteckt und sprachen leise, die Körpersprache verriet jedoch eine intensive Diskussion.

„Also, Herr Jansen", begann der Mann und nahm einen Schluck von seinem Bier. „Ich kann Ihnen versichern, dass die benötigte Menge Ulmer Polizeiäpfel jederzeit bereitsteht. Sie müssen sich um die Verfügbarkeit keine Sorgen machen."

Hauke nickte, sein Blick abschätzend. „Ich gehe davon aus, dass das auch langfristig so bleibt? Sie wissen, der Markt für einen hochwertigen Apfelbrand braucht Stabilität. Ich habe den alten Brennkessel meines Onkels reparieren lassen und sogar einen erfahrenen Brennmeister aus dem hintersten Schwarzwald herangeschafft, um das Erbe der Polizeiäpfel im großen Stil wiederzubeleben. Doch dafür brauche ich einen verlässlichen Lieferanten."

Der Mann lehnte sich leicht nach vorne, sein Ausdruck blieb undurchdringlich. „Sie werden nicht enttäuscht sein", versicherte er ihm und in seinen Augen blitzte etwas auf, das Hauke nicht ganz einordnen konnte. „Der Nachschub ist gesichert. Sie bekommen die Äpfel, die Sie brauchen – in der Qualität und Menge, die Sie erwarten."

Hauke zog die Augenbrauen hoch und blickte den Mann scharf an. „Das klingt fast zu gut, um wahr zu sein", erwiderte er und spielte mit seinem Glas. „Wo, wenn ich fragen darf, kommen diese großen Mengen Polizeiäpfel eigentlich her? Ich dachte, hier in der Region gehören die meisten Bäume diesen Fruntners und Breitners. Die wachen über ihre Ernten wie ein Wachhund über den Knochen."

Ein leichtes Lächeln umspielte die Lippen des Geschäftspartners, doch es war kalt und ohne Freude. „Woher ich die Äpfel beziehe, ist mein Betriebsgeheimnis, Herr Jansen", sagte er betont ruhig und nippte noch einmal an seinem Glas. „Solange die Lieferung zuverlässig erfolgt und Sie zufrieden sind, würde ich sagen, ist das eine Information, die Sie nicht unbedingt benötigen."

Hauke lachte trocken, doch sein Blick blieb wachsam. Er spürte, dass der Mann ihm nicht die ganze Wahrheit erzählte, die Augen seines Gesprächspartners irritierten ihn, doch er wollte diese Chance auf keinen Fall versäumen. Zu lange hatte er darauf gewartet, das alte Erbe in ein profitables Geschäft zu verwandeln. „Gut, wie Sie meinen. Ich werde die erste Lieferung also bei Ihnen bestellen. Aber denken Sie daran", fügte er mit einem strengen Unterton hinzu, „ich erwarte absolute Pünktlichkeit und Qualität. Nichts anderes."

Der Geschäftsmann nickte, sein Lächeln kaum merklich, aber seine Augen zeigten keinerlei Überraschung. „Keine Sorge. Der Deal steht." Ein erneutes Blitzen war in seinen Augen zu sehen.

Hauke lehnte sich zufrieden zurück und verschränkte die Hände, sein Blick ruhte fest auf seinem Geschäftspartner. „Der Liefertermin wird natürlich feststehen, sobald mein

Anwalt die Unterlassungserklärungen von diesen Fruntners und Breitners in den Händen hält", sagte er mit einer Mischung aus Überzeugung und Genugtuung. „Das Brennrecht, das mein Onkel mir hinterlassen hat, besagt eindeutig, dass nur die Familie Sutterer das exklusive Recht besitzt, den Ulmer Polizeiapfel zu destillieren. Diese anderen Leute in diesem verschlafenen Dorf brennen ohne jegliche Lizenz", referierte er inbrünstig.

Der Mann gegenüber legte seinen Kopf schief und betrachtete Hauke mit einem leicht skeptischen Ausdruck. „Ein altes, historisches Brennrecht also ... Sind Sie sich da ganz sicher, dass das noch Bestand hat?"

Hauke runzelte die Stirn und lehnte sich leicht nach vorn. „Ich habe das ganze Haus durchsucht", erklärte er bestimmt. „Es gibt kein einziges Dokument, das darauf hinweist, dass mein Onkel jemals seine Brennrechte abgetreten hätte. Niemand kann mir dieses Erbe streitig machen."

Der Mann erwiderte nichts, sondern ließ nur ein undurchdringliches Grinsen über seine Lippen huschen. „Na dann haben Sie ja alles im Griff, Herr Jansen." Er nippte an seinem Glas und nickte dann langsam. „Lassen Sie mich einfach wissen, wann Sie bereit sind. Zahlung erfolgt in bar bei Lieferung."

Hauke hob das Glas zu einem stummen Toast und fühlte ein aufgeregtes Kribbeln. Mit jedem Schritt kam er seinem Ziel näher und das Gefühl, alles unter Kontrolle zu haben, beflügelte ihn. „Sie hören von mir", versicherte er dem Mann, während sie sich die Hand reichten.

# Routine und ein unerwartetes Schreiben

Eine Woche war seit Lenas Entführung vergangen und die Alltagsroutine kehrte langsam auf den Höfen der Fruntners und Breitners zurück. Trotz der nervenaufreibenden Ereignisse, die das Dorf erschüttert hatten, musste die Arbeit weitergehen und so war die diesjährige Apfelernte bereits fast vollständig in die Brennereien gewandert. Da ein beträchtlicher Teil der Ulmer Polizeiäpfel gestohlen worden war, hatten Heinrich und Markus beschlossen, die restlichen Äpfel zusammen zu verarbeiten. Sie einigten sich, ihren gemeinsamen Brand „Alte Freundschaft" zu nennen – eine augenzwinkernde Geste, die den Frieden symbolisierte, den sie nach all den Jahrzehnten der Rivalität endlich geschlossen hatten. Auf dem Etikett sollten beide Namen erscheinen, ein historischer Schulterschluss der beiden Brennerfamilien.

Während Heinrich und Markus auf ihren Wiesen waren – der eine bei seinen Birnen, der andere bei den Zwetschgen – ging auf dem Fruntner-Hof der Betrieb ungestört weiter. Gabi ordnete Pappschälchen mit frischen Mirabellen und Pflaumen in ihrem Verkaufshäusle an der Einfahrt des Hofes an, als der Postbote vor ihr anhielt. Er schob die Sonnenbrille auf die Stirn und wuhlte in seinem Stapel Umschläge, bis er schließlich ein dickes, offizielles Schreiben hervorholte.

„Guten Morgen, Frau Fruntner! Hier ist ein Übergabe-Einschreiben für Sie – brauch ne Unterschrift", sagte der Postbote, freundlich, aber mit dem Hauch von Neugier, der die Ulmer in den letzten Tagen so oft überkam.

Gabi nahm den Stift, unterschrieb das Empfangsformular und bedankte sich, bevor sie das Schreiben entgegennahm. Der Umschlag war fest versiegelt und trug das Emblem einer Anwaltskanzlei aus Stuttgart.

Kaum hatte Gabi den Umschlag in der Hand, stieg der Postbote in seinen Wagen und fuhr weiter. Kurz darauf hielt er vor dem Hof der Breitners. Auch dort brauchte er eine Unterschrift und überreichte Markus ein versiegeltes Einschreiben.

Zurück im Haus riss Gabi den Umschlag auf und begann zu lesen. Auch Markus auf dem Breitner-Hof öffnete das Schreiben und starrte mit angespannten Augen auf die Worte, die vor ihm auf dem Papier erschienen.

Gabis Augen weiteten sich, als sie die Zeilen im Schreiben las. Sie spürte, wie ihr Herzschlag beschleunigte und ohne einen Moment zu zögern, rannte sie aus der Küche auf den Hof. Ihre Stimme hallte durch die Morgenluft, als sie laut nach Heinrich rief, die Worte voller Dringlichkeit und Sorge.

Gheorghe, der gerade aus der Scheune trat, zuckte zusammen, als er Gabis panische Rufe hörte. Die Erinnerung an Lenas Entführung schoss ihm durch den Kopf und, ohne eine Frage zu stellen, rannte er auf Gabi zu, das Gesicht voller Sorge. „Gheorghe, wo ist Heinrich? Hol ihn, sofort!" rief sie ihm zu, ihre Stimme überschlug sich vor Aufregung.

Auf dem Breitner-Hof zeichnete sich zeitgleich eine ähnliche Szene ab. Markus stand da, das Gesicht rot vor Wut, als er auf der Suche nach David durch das Haus stapfte. „David! David, komm sofort her!" Seine Stimme war laut und die Sorge mischte sich bei ihm in wütende Entschlossenheit.

David, der nun den Brief in der Hand hielt, hatte bereits die ernste Miene seines Vaters bemerkt und las hastig die Zeilen, bevor er stumm nickte.

Ohne ein weiteres Wort schnappten sich Markus und David ihre Jacken und fuhren zum Fruntner-Hof.

Als Heinrich auf den Hof fuhr, kam ihm Gabi bereits entgegen, das geöffnete Schreiben in der Hand und das Gesicht voller Sorge und Entsetzen. Markus und David stiegen zeitgleich aus dem Breitner-Wagen, beide mit gleichermaßen angespannten Mienen und einem identischen Brief in der Hand.

„Heinrich!", rief Gabi aus, ihre Stimme bebte. „Wir haben ein Einschreiben erhalten, von einem Anwalt im Auftrag von Hauke Jansen." Sie hielt ihm das Papier entgegen, während Gheorghe und Pavel, die sich ebenfalls zum Hofeingang hinbewegt hatten, neugierig und beunruhigt zusahen.

Heinrich griff nach dem Brief und überflog die Zeilen, sein Gesichtsausdruck verfinsterte sich mit jedem Wort. „Was zur Hölle …", murmelte er schließlich, fassungslos, als er die Worte des Anwalts laut vorlas.

„Hiermit werden Sie aufgefordert, alle Brenntätigkeiten mit dem Ulmer Polizeiapfel unverzüglich einzustellen. Laut den uns vorliegenden historischen Urkunden liegt das exklusive Recht zur Destillation des Ulmer Polizeiapfels ausschließlich bei der Familie Sutterer und deren rechtmäßigem Erben, Herrn Hauke Jansen. Weitere Schritte gegen Sie und Ihre Familienbetriebe werden eingeleitet, sollte dieser Aufforderung nicht entsprochen werden …"

Stille senkte sich über den Hof, nur das Rascheln des Papiers war zu hören, als Heinrich den Brief sinken ließ.

Markus schüttelte ungläubig den Kopf, seine Stimme war rau vor Wut. „Das kann er doch nicht ernst meinen. Dieses Brennrecht – das gilt doch für alle Höfe, die den Apfel anbauen und pflegen. Seit Generationen haben unsere Familien die Äpfel angebaut und verarbeitet. Das haben wir schriftlich. Was fällt diesem Hauke ein, so etwas zu verlangen?"

David trat neben seinen Vater und warf einen Blick auf das Schreiben, seine Fäuste geballt. „Er glaubt doch nicht im Ernst, dass wir einfach aufhören, nur weil er so einen Brief schicken lässt?"

Heinrich schaute zu Markus und die Anspannung in seinem Blick verriet, dass auch er fassungslos. „Es ist, als ob dieser Hauke keinerlei Ahnung davon hat, was es bedeutet, ein Brenner zu sein – und welche Traditionen unsere Familien pflegen. Der Apfel gehört zu unserer Heimat."

Pavel, der das Gespräch aufmerksam verfolgte, nickte langsam. „Der will einfach, dass ihr aufgebt. Er hofft, dass so ein Schreiben reicht, um euch zu verunsichern."

Markus schnaubte und sah Heinrich an, die Fassungslosigkeit in seinem Blick wich einer entschlossenen Härte. „Niemals", sagte er leise, aber fest. „Dieser Hof, das Brennrecht – das geben wir nicht auf. Das ist unsere Tradition, unser Leben."

Heinrich nickte, eine neue Entschlossenheit formte sich in ihm. „Wir geben nicht auf. Und was diesen Brief angeht … wir werden mit einem Anwalt sprechen und diesen Hauke zur

Rede stellen. Es muss doch rechtlich gesichert sein, dass wir unser Recht behalten."

Gabi legte ihm beruhigend die Hand auf den Arm. „Vielleicht können wir auch bei der Stadt vorsprechen, falls das wirklich historisch festgehalten wurde."

Heinrich sah seine Frau an, die Sorge in ihren Augen spiegelte sich in seinen eigenen. Doch nun lag eine neue Klarheit darin. „Markus, lass uns mit vereinten Kräften dagegen vorgehen. Wenn Hauke glaubt, dass er mit einem Stück Papier alles ändern kann, dann täuscht er sich gewaltig."

Markus nickte langsam. „Es ist Zeit, dass wir das klären – und zwar endgültig. Hauke kann nicht über Generationen von Traditionen hinweg einfach bestimmen."

Eine Stille breitete sich aus, als die Familien vereint dastanden und sich bewusst wurden, dass sie gemeinsam stärker waren.

Markus beendete das Gespräch mit seinem Anwalt und steckte das Handy zurück in seine Tasche. „Heinrich", sagte er mit einem entschlossenen Nicken, „wir können gleich vorbeikommen. Der Anwalt hat Zeit für uns."

Heinrich klopfte Markus fest auf die Schulter. „Gut. Dann machen wir das sofort. Je schneller wir herausfinden, was dieser Hauke da wirklich vorhat, desto besser."

Während die beiden Männer sich zum Wagen aufmachten und mit ernstem Blick den Hof verließen, herrschte in der Küche der Fruntners eine ganz andere Stimmung. Gabi saß am Tisch, die Hände leicht zitternd, während sie versuchte, sich einen klaren Kopf zu machen. Lena und David saßen ihr gegenüber und lauschten aufmerksam, als Heinrichs Frau das Schreiben noch einmal durchging.

„Eine historische Urkunde über alleiniges Brennrecht", murmelte sie und seufzte. „Das klingt so offiziell und irgendwie … einschüchternd. Ich hätte nie gedacht, dass so etwas gegen uns verwendet werden könnte. Aber ich bin sicher, wir haben auch so ein Dokument, irgendwo … es muss doch aufgeschrieben sein, dass dieses Recht unserer Familie gehört und weitervererbt wurde."

Lena legte eine beruhigende Hand auf den Arm ihrer Mutter. „Mama, in Deutschland wird alles schriftlich dokumentiert, das ist kein Handschlaggeschäft. Diese Rechte werden von Generation zu Generation weitergegeben – und unser Hof hat immer diese Äpfel gebrannt."

„Genau", fügte David hinzu, „also brauchen wir wahrscheinlich nur die richtigen Dokumente, um zu zeigen, dass unsere Familien genauso das Recht dazu haben. Wenn das bei Haukes Familie so läuft, dann ganz sicher auch bei uns."

Gabi nickte nachdenklich, immer noch leicht nervös, aber entschlossener. „Ihr habt recht", sagte sie und stand auf. „Ich koche erstmal einen Tee zur Beruhigung. Das hilft immer, den Kopf freizubekommen."

Mit gedankenverlorenem Blick öffnete Gabi das Küchenschränkchen und griff nach dem Sieb. Doch anstatt zu den getrockneten Kräutern für den Tee zu greifen, nahm sie das Kaffeepulver und füllte es ins Sieb, ihre Gedanken noch bei dem plötzlichen Rechtsstreit und den nächsten Schritten. Lena und David beobachteten das mit verstecktem Lächeln, doch sagten nichts, bis Gabi schließlich das Pulver im Sieb entdeckte und mit einem amüsierten Seufzen die Kanne neu aufsetzte.

Als sie schließlich alle um den Küchentisch saßen, meinte Lena: „Mama, wo genau sind eigentlich die alten Unterlagen von der Familie? Vielleicht können wir etwas finden, das Papas Rechte an der Brennerei bestätigt."

Gabi runzelte die Stirn. „Die sind irgendwo in den alten Kisten im Schrank verstaut, da, wo dein Vater immer die Rechnungen und alten Papiere lagert. Ich gehe nachher mal durch die Unterlagen. So etwas wirft man nicht einfach weg. Es müsste ein altes Dokument sein, das von Heinrichs Großvater an deinen Opa und dann an ihn übergegangen ist."

„Das klingt gut, aber vielleicht reicht das nicht", überlegte David laut. „Wahrscheinlich sollten wir nicht nur bei euch suchen, sondern auch in den offiziellen Unterlagen der Gemeinde. Die Ortsverwaltung müsste wissen, wo solche historischen Rechte festgehalten sind."

Lena nickte zustimmend. „Wir könnten doch direkt zur Ortsverwaltung von Renchen-Ulm gehen und nachfragen, ob es dort irgendwelche Einträge über Brennrechte gibt. Die sollten eigentlich irgendwo verzeichnet sein, auch wenn sie tatsächlich so weit zurückreichen."

Gabi lächelte erleichtert über die Initiative der beiden. „Das ist eine sehr gute Idee, ihr zwei. Je mehr Belege wir haben, desto besser. Das bringt vielleicht Licht in diese ganze Angelegenheit und zeigt diesem Hauke, dass er sich nicht einfach so über uns hinwegsetzen kann."

Lena und David wechselten einen entschlossenen Blick. Sie wussten, dass es keine leichte Aufgabe werden würde, sich durch alte, staubige Akten zu arbeiten, aber es war der einzige Weg, ihren Vätern zu helfen.

David und Lena fuhren zielstrebig zur Ortsverwaltung und parkten das Tuk-Tuk direkt vor der Tür, als sie aus dem Augenwinkel jemanden bemerkten, der aus der Frohnhofstraße kam: Hauke Jansen, in der Hand zwei Tüten voller Nudeln vom Fischinger. Sobald er die beiden erblickte, setzte er sich lässig auf eine Bank am Rand des Schulhofs und grinste provokant. Seine Haltung strahlte eine Selbstsicherheit aus, die David beinahe zur Weißglut brachte.

„Dieser Mistkerl ... ich werde ihm jetzt mal ordentlich die Meinung sagen!" knurrte David und ballte die Fäuste, bereit, zu Hauke hinüberzugehen.

Doch bevor er auch nur einen Schritt machen konnte, packte Lena ihn am Arm und zog ihn Richtung Eingang der Ortsverwaltung. „David, das bringt doch nichts. Lass uns lieber sachlich herausfinden, was wir über ihn und die Brennrechte wissen müssen", zischte sie entschlossen.

David atmete tief durch, widerstrebend dem Impuls nachgebend, sich umzudrehen und Hauke zur Rede zu stellen. Mit einem letzten verärgerten Blick auf dessen grinsendes Gesicht folgte er Lena schließlich ins Verwaltungsgebäude.

Im Büro der Ortsverwaltung empfing sie Anke Hoffmann, die Sekretärin des Ortsvorstehers. Anke lächelte freundlich, obwohl ihre Augen auf Lena eine Spur besorgt ruhten. „Hallo ihr zwei! Wie kann ich euch helfen?"

Lena trat vor und erklärte das Anliegen. „Wir suchen Informationen über Brennlizenzen – speziell, wie sie weitervererbt werden und ob es da besondere Regelungen gibt."

Anke nickte langsam und runzelte die Stirn, während sie in Gedanken die Informationen durchging, die sie kannte. „Nun", begann sie, „Brennlizenzen werden bei einem Erbfall offiziell auf den Erben umgeschrieben, wenn der das beantragt, sofern der Erbe innerhalb von drei Monaten eine Verzichtserklärung abgibt oder die Frist einfach verstreichen lässt, würde das Brennrecht verfallen."

David hob eine Augenbraue. „Also wenn die Frist verstrichen ist und der Erbe keine Umschreibung beantragt, dann … hat er automatisch das Recht verloren?"

„Richtig", bestätigte Anke. „Soweit ich weiß, haben wir in Ulm mehr als eine Handvoll dieser Lizenzen. Die Rechte müssen bei der Gemeinde vorliegen, aber genaue Einsicht habt ihr erst, wenn der Ortsvorsteher die Genehmigung dazu erteilt. Ich darf das nicht machen."

Lena dankte Anke, doch die Sekretärin blieb einen Moment zögernd stehen und legte ihre Hand leicht auf Lenas Arm. „Lena, ich wollte nur sagen … Ich hab furchtbare Dinge über Neulich Nacht gehört. Geht es dir gut?"

Lena lächelte schwach. „Danke, Anke, es geht schon. Es war … eine schlimme Nacht, ja, aber ich versuche, nach vorn zu schauen." Sie zögerte kurz, dann fügte sie hinzu, als hätte eine plötzliche Idee sie ergriffen: „Sag mal, Anke, ist Hauke Jansen hier offiziell gemeldet?"

Anke blätterte in einem Notizbuch und nickte dann. „Ja, der hat sich vor einigen Wochen hier umgemeldet."

Lena spürte, wie sich ihre Gedanken zu einem Verdacht formten. „Hast du die Ummeldung gemacht, Anke? Oder hat es eine Kollegin übernommen? Und … ist dir zufällig aufgefallen, ob er zwei verschiedenfarbige Augen hat?"

Anke runzelte die Stirn. „Ja, ich habe das selbst gemacht, aber bei den Augen ist mir nichts Besonderes aufgefallen. Hat das eine Bedeutung?"

Lena zuckte mit den Schultern. „Vielleicht. Danke, Anke. Es hätte helfen können."

„Helfen?" Die Sekretärin schaute verwundert, aber Lena winkte ab und schüttelte den Kopf. „Nee, alles gut. Ich erklär's dir ein andermal. Danke dir, Anke." Schon waren die beiden wieder auf dem kleinen Platz vor dem Verwaltungsgebäude.

Als Lena und David wieder draußen standen, fiel ihr Blick sofort auf Hauke, der immer noch auf der Bank am Schulhof saß und sie mit diesem überheblichen, selbstzufriedenen Grinsen beobachtete. David spürte erneut, wie die Wut in ihm aufstieg, doch Lena nahm seine Hand und zog ihn bestimmt in Richtung des Tuk-Tuks.

„Nicht jetzt, David. Es bringt nichts, ihm hinterherzurennen. Wir haben Wichtigeres zu tun", flüsterte sie, während sie ihn sanft zum Dreitakter dirigierte. „Fahr uns zum Breitner-Hof. Meine Mutter sucht bei uns die Unterlagen und wir sehen bei deinem Vater nach seiner Brennlizenz."

David nickte, seine Kiefermuskeln angespannt, doch er gehorchte und stieg wortlos ins Tuk-Tuk. Kaum hatten sie das Verwaltungsgebäude hinter sich gelassen, lockerte sich seine Haltung etwas. „Wenn er wirklich glaubt, dass er uns so einfach hereinlegen kann … Er weiß gar nicht, worauf er sich da einlässt."

Lena warf ihm einen aufmunternden Blick zu. „Genau. Wir klären das – aber erst einmal sollten wir uns um die Unterlagen kümmern."

Wenig später erreichten sie den Breitner-Hof und David parkte das Tuk-Tuk vor dem Haus. Die Nachmittagssonne warf lange Schatten über den Hof und das Gebäude wirkte ruhig, fast friedlich, doch die Anspannung hing in der Luft. Sie betraten das Haus und David führte Lena direkt ins Arbeitszimmer seines Vaters. Hier hatten Markus und David einen festen Platz für alle wichtigen Papiere eingerichtet. Die Bücherregale waren sauber geordnet und auf dem großen Schreibtisch lag nichts außer einer sorgfältig abgelegten Mappe mit der Aufschrift „Brennerei Breitner – Dokumente."

„Mein Vater ist ein Pedant, was Unterlagen betrifft", murmelte David und zog die Schublade des Schreibtisches auf. „Er hat alles Wichtige in diesem Ordner hier."

Lena sah zu, wie David den grauen Ordner herauszog und aufschlug. Die Papiere waren akribisch geordnet und David blätterte schnell, aber aufmerksam durch die Seiten, bis er schließlich das gesuchte Dokument fand. „Hier ist sie", sagte er leise und zog die Brennlizenz seines Vaters heraus. Es war ein verblasstes, offiziell abgestempeltes Papier, das eindeutig bestätigte, dass die Familie Breitner seit Generationen das

Recht zur Herstellung von Obstbränden hatte – ein Recht, das immer vom Vater auf den Sohn übertragen worden war.

„Da steht es. Keine Abtretung, kein Verzicht", sagte Lena und nickte zufrieden. „Das sollte als Beweis reichen, dass Markus alle Rechte hat und sie nie abgetreten wurden. Damit kann Hauke euch nichts anhaben."

David atmete erleichtert auf. „Lass uns das alles deiner Mutter zeigen. Wenn wir das richtig anpacken, kann dieser Hauke sich auf was gefasst machen."

Gemeinsam verließen sie das Arbeitszimmer, die Lizenz fest in der Hand und machten sich auf den Weg zurück zum Fruntner-Hof.

# Verbunden durch Blut

Lena und David kehrten vom Breitner-Hof zurück, die aktuelle Brennlizenz der Breitners fest in Lenas Hand. Mit einer Mischung aus Erleichterung und Entschlossenheit gingen sie auf das Haus zu, bereit, Heinrich und Gabi von ihrem Erfolg zu berichten. Doch schon beim Öffnen der Haustür hörten sie aufgeregte Stimmen aus der Küche und als sie den Raum betraten, bot sich ihnen ein ungewöhnliches Bild: Heinrich und Markus standen um den Küchentisch herum und versuchten, eine aufgelöste Gabi zu beruhigen.

„Gabi, alles gut", sagte Heinrich mit sanfter Stimme und legte eine Hand auf ihre Schulter. Markus nickte zustimmend und reichte ihr ein Glas Kirschbrand. „Nimm einen Schluck, Gabi", fügte er hinzu, „das wird dir guttun."

Gabi nahm das Glas zögernd an, ihre Hände zitterten leicht und trank einen kleinen Schluck. Die Wärme des Kirschbrands schien sie etwas zu beruhigen und langsam hob sie den Kopf und schaute die vier an. Ihre Augen waren gerötet, doch ein Funke Entschlossenheit blitzte in ihrem Blick auf.

„Es … es tut mir leid", begann sie leise und atmete tief durch, bevor sie fortfuhr. „Während ich die Unterlagen im Büro durchgeschaut habe, ist mir eingefallen, dass auf dem Dachboden noch eine Kiste mit alten Papieren von Heinrichs Vater steht. Ich dachte, dort könnten vielleicht noch Unterlagen liegen, die uns weiterhelfen."

Heinrich nickte nachdenklich. „Das stimmt … da oben lagert allerhand von Vater und wenn ich's mir recht überlege, auch noch älteres Zeug von seiner Mutter."

Gabi nickte und fuhr fort. „Ich habe also nach dieser Kiste gesucht und sie gefunden. Der Deckel war mit einer alten Decke bedeckt." Sie legte eine kurze Pause ein, bevor sie weitersprach: „In der Kiste lagen alte Briefe, Papiere und Fotos … und, Heinrich, das Tagebuch von deiner Ururgroßmutter Minna Fruntner."

Die Küche wurde still. Heinrich und Markus warfen sich einen überraschten Blick zu, während Lena und David gespannt warteten, was Gabi weitererzählen würde.

„Minna hat alles darin festgehalten", fuhr Gabi schließlich fort und ihre Stimme klang plötzlich etwas gefasster. „Es scheint, dass sie ihr ganzes Leben aufgeschrieben hat – oder zumindest alles, was für sie wichtig war."

„Aber … warum hat dich das so aufgewühlt, Gabi?" fragte Markus behutsam und legte eine Hand auf die Stuhllehne neben ihr.

Gabi atmete zitternd ein und schüttelte nur den Kopf.

Lena und David sahen sich vielsagend an und ohne ein weiteres Wort ergriff Lena vorsichtig Gabis Hand. „Können wir das Tagebuch sehen?", fragte sie leise.

Gabi nickte und deutete auf den alten Karton, der neben dem Küchentisch stand.

Lena nahm das Buch mit beiden Händen, fast ehrfürchtig und legte es vorsichtig auf den Küchentisch. Der Einband, einst vermutlich dunkelgrün, war nun verschlissen und mit einer dicken Schicht Staub bedeckt. Die Kanten des Leders waren brüchig und die Seiten, die aus dem Buch herausragten, hatten einen tiefen Gelbstich und wellten sich leicht – das Ergebnis vieler Jahrzehnte, in denen das Tagebuch unbeachtet auf dem Dachboden verbracht hatte.

„Schaut euch das an", flüsterte Lena und blies vorsichtig den Staub vom Einband. Ihre Finger glitten über die raue Oberfläche und sie spürte den Hauch einer Verbindung zu der Frau, die diese Seiten einst gefüllt hatte. „Es ist erstaunlich, dass es noch so gut erhalten ist."

Heinrich und Markus traten näher an den Tisch heran, während Gabi sich die Hände vor die Brust legte, als würde sie noch nicht ganz glauben, was sie da gefunden hatte. Langsam öffnete Lena das Buch und staunte bei dem Anblick der ersten Seite.

„Oha! Was für eine wunderschöne Schnörkelschrift", murmelte sie, während sie die elegante Handschrift betrachtete, die kunstvoll die erste Seite zierte. Die Buchstaben wirkten schwungvoll und kunstvoll, die Worte formten sich in einer feinen, fließenden Schrift, die kaum noch jemand lesen konnte.

Markus beugte sich näher und lächelte leicht. „Das ist altdeutsche Schrift, Lena. Früher wurde so geschrieben, aber heute..." Er schüttelte schmunzelnd den Kopf, „heute ist das eine Herausforderung."

Lena runzelte die Stirn und ließ ihren Blick konzentriert über die Seite wandern, wobei sie langsam begann, die alte Schrift zu entziffern. Sie las mit leiser, fester Stimme: „Diarium ... 1913 bis 1918 ... Minna Fruntner, geborene Breitner.“

Als Lena die letzten beiden Worte leise flüsternd ausgesprochen hatte, legte sich eine gespenstische Stille über die Küche. Jeder Anwesende starrte ungläubig auf das alte Buch vor ihnen, die Worte „Minna Fruntner, geborene Breitner“ schienen in ihren Köpfen zu widerhallen, während sie versuchten, die Bedeutung dessen zu begreifen.

David war der Erste, der das Schweigen durchbrach. „Das ... steht da wirklich? Fruntner, geborene Breitner?“ Seine Stimme klang ungläubig, fast verwirrt und er sah Lena mit weit geöffneten Augen an.

Heinrich und Markus hingegen standen wie erstarrt da, ihre Gesichter kreidebleich, während sie einander ansahen. Die Bedeutung dieses Eintrags schien auf sie einzuwirken wie ein Schlag in die Magengrube. Schließlich griff Markus vorsichtig nach dem Buch, seine Hand zitterte leicht, als er es an sich nahm und es erneut anstarrte. Langsam hob er den Blick zu Heinrich und sprach leise: „Ich glaube, was hier drinsteht, sollten wir beide zuerst allein lesen.“

Heinrich nickte langsam, dann drehte er sich wortlos um und ging voran in sein Büro, Markus folgte ihm, das alte Tagebuch fest in der Hand.

Stunden vergingen und aus dem Büro drang kein Laut. Gabi, die sich zunehmend Sorgen machte, brachte schließlich Kaffee für die beiden Männer. Doch kaum hatte sie die Tür geöffnet, wurde sie freundlich, aber bestimmt gebeten, sie gleich wieder zu schließen. Im Raum standen leere Kaffeetassen und vor ihnen lagen mehrere Blätter, die sie akribisch mit Notizen und Zeichnungen gefüllt hatten. Unter ihnen formte sich langsam das Bild eines Stammbaums.

Erst am Abend, als die Dämmerung über den Fruntner-Hof hereinbrach, verließen Heinrich und Markus das Büro. Sie sahen erschöpft aus, doch ihre Blicke zeugten von einem neu gefundenen Wissen – und einer Mischung aus Staunen und Bestürzung.

In der Küche, wo Gabi, Lena und David warteten, setzte sich Heinrich langsam an den Tisch und nahm sich einen Moment, bevor er begann zu sprechen.

Heinrich atmete tief durch und sah in die gespannten Gesichter von Gabi, Lena und David. Er wirkte immer noch ein wenig benommen, doch seine Stimme war klar, als er zu erzählen begann.

„Minna Breitner", begann er langsam, „heiratete 1913 Wilhelm Fruntner, meinen Ururgroßvater. Die beiden verband eine starke Liebe. Alles sah nach einem guten, gemeinsamen Leben aus – bis der Sommer 1914 kam." Heinrich hielt kurz inne, als wollte er die Tragweite seiner Worte sacken lassen. „Im Juni desselben Jahres brachte Minna Zwillinge zur Welt: Gustav und Gerhard Fruntner. Doch wenige Wochen nach ihrer Geburt brach der Erste Weltkrieg aus und alles, was sie sich gemeinsam erträumt hatten, wurde zerstört."

Er schaute kurz zu Markus, dessen Miene genauso angespannt und ernst war. „Wilhelm Fruntner wurde als Soldat eingezogen und 1915 an die Front geschickt. Es war am

Hartmannswillerkopf im Elsass, einem Ort, der heute noch von diesen furchtbaren Kämpfen erzählt, wo er …" Heinrichs Stimme stockte kurz, dann fuhr er leise fort, „… sein Leben verlor. Wilhelm kam nie zurück."

Eine bedrückte Stille legte sich über die Küche und Heinrich schien für einen Moment in Gedanken versunken zu sein, bevor er weitersprach. „Minna war mit zwei Säuglingen zurückgeblieben, allein und mittellos. Der Krieg machte es schwer, Nahrung oder Hilfe zu bekommen und Minna erkannte, dass sie ihre beiden Kinder kaum würde durchbringen können. Also fasste sie einen schweren Entschluss. Sie brachte einen ihrer Söhne, Gustav, zu ihrem Schwager, Otto Fruntner. Er und seine Frau nahmen das Kind an wie ihr eigenes."

Heinrich hielt inne und alle warteten gespannt auf die Fortsetzung. „Den anderen Zwilling, Gerhard, übergab sie ihren eigenen Eltern, Magda und Alfred Breitner, in der Hoffnung, dass ihre Familie ihn durch die schwere Zeit bringen könnte. Jeder Junge wuchs fortan in der Familie des jeweiligen Elternteils auf, getrennt voneinander und ohne zu wissen, dass sie Brüder waren."

Lena, die bis dahin schweigend zugehört hatte, sah ihren Vater mit großen Augen an. „Und was ist mit Minna geschehen?", fragte sie leise.

Heinrichs Gesicht wirkte einen Moment lang noch angespannter. „Minna selbst meldete sich bald darauf als Sanitätsschwester, um wenigstens auf diese Weise einen Beitrag zu leisten. Sie kam an die Front, in unmittelbare Nähe der Kämpfe und die letzten Einträge in ihrem Tagebuch enden damit, dass sie sich verabschiedet und schreibt, dass sie hofft, eines Tages ihre Kinder wiederzusehen. Sie schrieb das Datum 17. Februar 1918 dazu. Seit dem Datum gibt es keinen weiteren Eintrag."

Die Anwesenden schwiegen, während Heinrich einen Moment innehielt. Schließlich fuhr er fort: „Die beiden Babys wuchsen also jeweils in einer Familie auf – Gustav bei den Fruntners und Gerhard bei den Breitners. Sie wurden erzogen, als wären sie die leiblichen Söhne ihrer Pflegefamilien und sie wussten nie, dass sie Brüder waren. Gustav Fruntner – das ist der Urgroßvater, in dessen Tradition ich heute das Brennen übernommen habe. Und Gerhard Fruntner, der zum Gerhard Breitner wurde, ist der Urgroßvater von Markus."

Er hielt inne, bevor er abschließend sagte: „Die Urgroßväter von Markus und mir waren Brüder und eigentlich sind wir alle eine Familie."

## Neue Spuren und alte Frustrationen

Zwei Tage waren vergangen, seit sie das alte Tagebuch von Minna Fruntner entdeckt hatten. Die vergangenen Stunden waren gefüllt gewesen mit langen Gesprächen, gemeinsamen Momenten des Staunens und der Suche nach weiteren Hinweisen in alten Unterlagen. Doch so sehr sie auch gesucht und geblättert hatten, das Tagebuch blieb die einzige verbliebene Spur ihrer gemeinsamen Familiengeschichte.

Doch nun, als sich langsam eine alltägliche Ruhe wieder einzufinden begann, klingelte das Telefon auf dem Fruntner-Hof. Heinrich nahm den Hörer ab, während Gabi und Lena gespannt lauschten.

„Herr Fruntner?", meldete sich die Stimme eines Polizisten. „Ich habe Neuigkeiten zum Fall der gestohlenen Äpfel."

Heinrich setzte sich aufrecht hin und seine Augen leuchteten auf. „Haben Sie die Diebe erwischt?"

„Leider nicht direkt", antwortete der Beamte zögernd, „aber wir haben immerhin einen möglichen Hinweis. Die Blitzersäule in der Ulmer Ortsmitte hat einen LKW mit einer ungewöhnlich mattschwarzen Lackierung in der 30er-Zone geblitzt."

Freudige Erleichterung breitete sich im Raum ausu nd Lena klopfte triumphierend auf den Tisch. „Endlich! Das bringt uns bestimmt weiter."

„Der Haken ist", fuhr der Polizist mit einem schweren Seufzen fort, „das Nummernschild gehört nicht zu einem LKW, sondern zu einem kleinen PKW, einem älteren Modell. Die Kennzeichen sind gestohlen –sie sind bereits seit 2 Monaten als gestohlen gemeldet."

Die Freude wich schlagartig aus den Gesichtern und eine beklemmende Stille breitete sich aus. Doch der Polizist fügte schnell hinzu: „Das Kennzeichen hilft uns zwar nicht direkt, aber es gibt noch einen wichtigen Hinweis: Auf dem Blitzerfoto ist zu erkennen, dass der Fahrer des LKWs den Blinker nach rechts gesetzt hatte – er ist vermutlich in die Armenhöfestraße abgebogen."

Heinrich runzelte die Stirn, während Gabi sofort aufsprang. „Dann könnte der Fahrer dort oder in der Nähe irgendwo abgeladen haben oder sogar wohnen!"

Lena informierte sofort David über den Anruf und kurz darauf fuhren die Zwei langsam die Armenhöfestraße entlang, das Tuk-Tuk knatterte leise, während sie aufmerksam die Umgebung absuchten. Die Straße schlängelte sich durch von der Dorfmitte bis zum Kaier über knapp 3 Kilometer, vorbei an alten Fachwerkhäusern, modernen Wohnhäusern, verwitterten Höfen und engen Gassen. Sie schauten in jeden Hof und durch jedes Tor, ob irgendwo Spuren des gesuchten LKWs zu sehen waren. Die Straße selbst wirkte ruhig, fast verschlafen, doch sie wussten beide, dass genau dieser Eindruck leicht täuschen konnte. Am Kaierspielplatz hielten sie schließlich an und schauten sich fragend an.

„Es sind einfach zu viele Versteckmöglichkeiten", seufzte David, der sich bereits ein wenig entmutigt umsah. „Selbst wenn wir hier stundenlang suchen würden, könnten sie den

LKW in jeder Scheune oder einem alten Schuppen abgestellt haben."

Lena nickte und biss sich auf die Lippen. „Wir drehen um und fahren langsam zurück. Vielleicht haben wir noch etwas übersehen."

Als sie zurückfuhren, fiel Lenas Blick plötzlich auf eine Gestalt in einer Hofeinfahrt. Sie stockte und für einen Moment schien die Zeit stillzustehen. „David ... sieh mal", flüsterte sie und zeigte in die Richtung.

In der Einfahrt eines heruntergekommenen Hofes, der ihnen vorher kaum aufgefallen war, stand Hauke Jansen. Lässig lehnte er an der Mauer und unterhielt sich mit einem anderen Mann, der Lena und David den Rücken zukehrte. Hauke sah entspannt aus, fast wie jemand, der dort regelmäßig ein und aus geht. Doch sobald er Lena und David erblickte, änderte sich seine Miene. Ein triumphierendes Grinsen zog über sein Gesicht und er hob die Hand zum Gruß.

David runzelte die Stirn und presste die Lippen zusammen. „Hauke Jansen ... was macht der denn hier?" murmelte er und griff fest ins Lenkrad, seine Augen schmal vor Misstrauen.

„Das würde ich auch gern wissen", erwiderte Lena mit funkelndem Blick. „Das kann kein Zufall sein. Hauke hier mitten in der Armenhöfestraße? Das ist mehr als seltsam."

David bremste und das Tuk-Tuk rollte langsam an den Rand des Gehwegs. Sie beobachteten, wie Hauke den Mann verabschiedete, ihm die Hand reichte und sich abwandte. Mit einem letzten scharfen Blick auf die Einfahrt und den Mann, der sich langsam entfernte, setzte Hauke gemächlich einen Fuß vor den anderen und kam direkt auf das Tuk-Tuk zu.

„Na, wen haben wir denn da?", rief Hauke, die Hände locker in die Hosentaschen geschoben und sein breites Grinsen blieb provokant auf seinem Gesicht. „Auf Patrouille unterwegs? Die Polizei sollte euch wirklich einen offiziellen Auftrag erteilen."

Lena stieg aus, ihre Haltung kühl und kontrolliert. „Hauke", begann sie, „es wundert mich, dich hier anzutreffen. Was machst du eigentlich in der Armenhöfestraße?"

Hauke zuckte nur mit den Schultern, seine Augen blitzten spöttisch. „Warum sollte ich nicht hier sein? Ich habe schließlich den Hof vom alten Friedrich geerbt, schon vergessen?"

David, der ebenfalls ausgestiegen war, ballte die Fäuste, als er sich neben Lena stellte. „Korrekt, da war was", sagte er leise, doch seine Stimme war angespannt. „Aber wir finden es auffällig, dass du hier herumstehst. Hast du etwas mit diesem mattschwarzen LKW zu tun, der hier vor ein paar Tagen gesehen wurde?"

Haukes Grinsen wurde noch breiter. „Mattschwarzer LKW? Klingt ja mysterios", sagte er und hob herausfordernd die Augenbrauen. „Aber wenn es die Herrschaften interessiert, ich habe nur einen kleeeiiinen Mercedes Coupé. Wofür bräuchte ich denn einen LKW?"

„Hauke, das hier ist kein Spiel", zischte Lena und ihre Stimme war fest. „Falls du mit den Diebstählen zu tun hast, wird das Konsequenzen haben."

Hauke neigte den Kopf, als würde er über ihre Worte nachdenken. Dann warf er ihnen einen letzten Blick zu und sagte nur, „Dann hoffe ich mal, dass die Polizei ihre Arbeit gut macht."

„Komm, Lena", sagte David und stieg wieder in den Drei-takter. „Das bringt doch nichts. Die Polizei hat genug Beweise, den Rest macht die Staatsanwaltschaft."

Lena warf ihm einen schnellen, verwirrten Blick zu, bevor sie verstand, was er vorhatte. Sie schob ihre Überraschung beiseite und kletterte zu David ins Tuk-Tuk. „Du Genie", flüsterte sie ihm zu. „Jetzt wird er Fehler machen."

David grinste und startete den Motor. „Und wir werden live dabei sein", sagte er mit einem Anflug von Spannung in der Stimme.

Sie tuckerten gemächlich die Straße hinunter und gaben vor, sich nicht mehr für Hauke zu interessieren. Doch an der nächsten Ecke hielt David an und schob das Tuk-Tuk so geschickt in eine kleine Seitengasse, dass sie einen direkten Blick auf die Hofeinfahrt hatten. Durch eine Lücke zwischen den Häusern konnten sie beobachten, wie Hauke nervös in alle Richtungen schaute. Er schien zu warten, bis sie aus der Sichtweite verschwunden waren. Dann zog er sein Handy aus der Tasche und begann zu telefonieren.

Lena und David kauerten sich geduldig in ihrem Beobachtungsposten und hielten ihre Blicke fest auf Haukes Hof gerichtet. Nach einer gefühlten halben Stunde, in der sich nichts rührte, sahen sie plötzlich einen silbernen PKW mit dem Kennzeichen „WT" – ein Wagen aus dem Landkreis Waldshut – die Straße hinauffahren. Das Fahrzeug hielt direkt vor Haukes Einfahrt und der Fahrer stieg aus und verschwand rasch in Haukes Hof.

„Das ist unsere Chance", flüsterte David.

Die beiden schlichen aus dem Tuk-Tuk und rannten leise auf die Hofeinfahrt zu, stets darauf bedacht, keine Aufmerksamkeit zu erregen. Sie schlichen sich so nah wie möglich an den Eingang heran, wo sie von einer geschützten Stelle aus einen Teil des Gesprächs belauschen konnten.

„… und wenn du möchtest, kannst du deinen Wohnwagen hier im Hof abstellen", hörten sie Hauke sagen. „Dann bist du direkt bei der Arbeit und sparst dir die Fahrt."

Der andere Mann antwortete mit einem tiefen Lachen. „Klingt nach einem Deal. Wäre tatsächlich praktischer."

Dann verschwanden die beiden im Haus.

Lena und David brausten nach ihrem kurzen Spionageabenteuer schnell zum Fruntner-Hof zurück und informierten dabei Markus telefonisch über das Treffen, sodass auch er zeitnah eintraf. Im Wohnzimmer berichteten sie aufgeregt von dem PKW mit Waldshuter Kennzeichen, dem unbekannten Fahrer und Haukes merkwürdigem Angebot, dem Mann einen Stellplatz im Hof zu überlassen. Heinrich und Markus hörten aufmerksam zu, während sie die Informationen verarbeiteten und miteinander spekulierten.

„Was für eine ‚Arbeit' könnte Hauke da meinen?", fragte Lena nachdenklich und sah zu ihrem Vater.

„Ganz sicher nichts, was mit unserer Brennerei-Kultur zu tun hat", brummte Heinrich. „Aber wer weiß, was er hier noch so im Schilde führt."

Markus nickte zustimmend. „Der Typ führt definitiv etwas im Schilde, sonst hätte er diesen Mann nicht so schnell auf den Hof geholt."

Als Gabi wenig später mit einem fröhlichen Winken das Haus verließ, um zu ihrem wöchentlichen Chorabend zu gehen, beschlossen die vier kurzerhand, gemeinsam ins Gasthaus Stigler zu fahren und dort zu Abend zu essen – der perfekte Ort, um in Ruhe weiter zuspekulieren.

Im Gasthaus war es angenehm belebt. Die Stammgäste und Urlauber saßen an ihren gewohnten Tischen und der Duft nach frisch gekochten Speisen erfüllte den Raum. Sie setzten sich an einen Tisch in der Ecke und es dauerte nicht lange, bis die Wirtin Simone lachend an ihren Tisch trat.

„Was darf's für euch sein?", fragte sie mit einem Augenzwinkern und tätschelte Lena liebevoll auf die Schulter..

„Für mich ein Schnitzel mit hausgemachtem Kartoffelsalat", sagte David, ohne zu zögern. Lena nickte sofort und bestellte dasselbe. Heinrich und Markus tauschten einen kurzen Blick und Heinrich grinste verschmitzt.

„Und für mich ein ‚Restbrot',", sagte er, woraufhin alle schmunzeln mussten. Markus entschied sich schließlich für einen Straßburger Wurstsalat Stigler, mit dem typischen weißen Dressing und einem Stück Rahmkäse dazu.

„Also wie eigentlich immer bei euch", lachte Simone und verschwand in Richtung Küche, während die Gespräche über Haukes Pläne weitergingen.

Zwischen ein paar Schlucken Kellertrübem und den ersten Bissen der Speisen sponnen sie ihre Überlegungen weiter, von einem verdeckten Projekt bis hin zu einer verborgenen Produktion, ohne jedoch zu einem eindeutigen Schluss zu kommen.

Gerade als Simone die nächste Runde Kellertrübes, für die vier, auf den Tisch stellte, bekam sie mit, dass das Gespräch auf Hauke Jansen gefallen war. Sie zog die Augenbrauen hoch und schob einen Stuhl heran, offenbar neugierig, was sie über den Erben von Friedrich Sutterer zu berichten hatten.

„Den Erben von unserm lieben Friedrich?", fragte sie leise, während sie sich zu ihnen neigte. „Wisst ihr, der war neulich hier mit einem komischen Kerl. Die beiden haben sich auffällig leise unterhalten und immer die Köpfe zusammengesteckt. Jedes Mal, wenn ich etwas gebracht habe, haben sie sofort aufgehört zu reden. Als ob sie nicht wollten, dass jemand etwas davon mitbekommt."

Die Vier sahen sich an, ihre Neugier war geweckt. Heinrich legte das Besteck beiseite und fragte: „Hat Hauke etwas über Geschäfte gesagt?"

Simone nickte, wobei ihre Stirn sich leicht in Falten legte, während sie versuchte, sich zu erinnern. „Der Fremde hat etwas von einem ‚Liefertermin' gesagt. Das klang nicht, als wäre es irgendeine Bestellung von Getränken oder so. Es war eher wie eine … wie eine Drohung. So nach dem Motto: ‚Wenn das nicht rechtzeitig kommt, war's das.' Der Typ klang sehr ernst."

Lena und David schauten einander an und David fragte nachdenklich: „Und was für ein Typ war das?"

„Er wirkte ziemlich unscheinbar, eigentlich … geschäftsmäßig gekleidet, könnte so einer sein, den man schnell übersieht", antwortete Simone und zuckte mit den Schultern. „Aber mehr kann ich euch leider auch nicht sagen."

Die Vier sponnen weiter ihre Theorien, aber als das Essen beendet und bezahlt war und sie sich zum Gehen wandten, rief Simone ihnen plötzlich nach: „Wartet mal! Ich hab's wieder – der Typ hatte etwas Besonderes an sich, das hab ich ganz vergessen: seine Augen. Sie waren unterschiedlich. Das eine war dunkel, fast schwarz und das andere war hell, vielleicht grau oder blau."

Lena hielt kurz inne und tauschte einen Blick mit David. „Zwei verschiedenfarbige Augen…", murmelte sie nachdenklich.

# Frust und Zufall

Lena und David gingen am nächsten Morgen früh zur Polizeiwache, fest entschlossen, das seltsame Verhalten von Hauke und die merkwürdigen Begegnungen in der Armenhöfestraße zu melden. Beide spürten eine gewisse Unruhe – sie waren überzeugt, dass die Polizei über ihre Beobachtungen informiert sein musste, um mögliche Verbindungen zu den gestohlenen Äpfeln besser aufdecken zu können.

Im Büro der Wache wurden sie von einem Beamten empfangen, der die beiden freundlich begrüßte und aufforderte, Platz zu nehmen. Lena begann direkt zu erzählen, ohne Umschweife.

„Wir haben gestern Hauke Jansen in der Armenhöfestraße gesehen, wie er sich mit einem Mann unterhalten hat. Die beiden standen auf dem Bürgersteig vor seinem Hof. Der Fremde wirkte irgendwie angespannt und sobald er uns gesehen hat, ist er schnell in die andere Richtung gegangen, als wolle er nicht erkannt werden", erklärte Lena. Ihre Stimme wurde dabei fast automatisch eindringlicher, während sie versuchte, dem Polizisten die seltsame Stimmung der Begegnung zu vermitteln.

David fügte hinzu: „Als wir Hauke dann darauf angesprochen haben, hat er alles heruntergespielt. Wir haben ihm gesagt, die Polizei hätte schon einige Beweise gesammelt, aber das war natürlich gelogen. Doch kaum waren wir weitergefahren, haben wir gesehen, wie er hektisch sein Handy herauszog und jemanden anrief." David schüttelte den Kopf und wirkte nachdenklich, als er das Telefonat erwähnte. „Es war, als hätte ihn unser Gespräch nervös gemacht und er wollte sicherstellen, dass niemand wirklich etwas herausfindet."

Der Polizist hörte ruhig zu, nickte gelegentlich, um zu zeigen, dass er die beiden ernst nahm und machte sich dabei einige knappe Notizen. Schließlich sah er auf und sagte: „Also, es gab ein Gespräch auf dem Bürgersteig und danach hat Herr Jansen telefoniert. Und dann?"

Lena, die sich immer mehr in ihren Bericht hineingesteigert hatte, erklärte weiter: „Kurz danach kam ein silberner PKW mit einem Kennzeichen aus Waldshut bei ihm an. Ein Mann stieg aus und parkte direkt vorm Hof von Hauke. Wir sind aus dem Tuk-Tuk gestiegen und haben uns so leise wie möglich an die Einfahrt geschlichen, um zu hören, was sie sagen. Hauke bot ihm an, seinen Wohnwagen nicht auf dem öffentlichen Stellplatz, als an der alten Obstannahmestelle, abzustellen, sondern in seinem Hof, damit er direkt bei der Arbeit wäre."

„Direkt bei der Arbeit?", fragte der Polizist, während er den Kopf leicht neigte. „Haben Sie sonst noch etwas Verdächtiges gehört?"

„Ja", warf David ein, „Hauke hat ihm gesagt, dass er so schnell wie möglich mit der Arbeit beginnen soll. Das klang verdächtig, als ob er etwas verschleiern wollte."

Der Polizist legte den Stift langsam ab und sah die beiden ernst an. Er bemühte sich, sachlich zu bleiben und klärte sie auf: „Frau Fruntner, Herr Breitner, ich verstehe, dass die Situation für Sie vielleicht verdächtig wirkt, aber lassen Sie mich Ihnen erklären, dass es in Deutschland nicht verboten ist, sich mit jemandem auf einem öffentlichen Bürgersteig zu unterhalten. Auch ein kurzes Telefonat ist kein Hinweis auf ein Vergehen und jeder Grundbesitzer hat das Recht, jemanden auf sein Grundstück zu lassen, sei es mit oder ohne

Wohnwagen, solange keine öffentlichen Belange beeinträchtigt werden."

Lena blickte beschämt auf ihre Hände, als sie die Worte des Polizisten hörten. „Aber diese Leute, dieser Mann mit dem Wohnwagen – Hauke kennt ihn doch sicher nicht erst seit gestern", sagte sie etwas leiser. „Er hat ja gesagt, der soll schnell anfangen."

Der Polizist nickte, aber seine Miene blieb unverändert. „Ich verstehe, was Sie sagen wollen, aber auch das ist kein Anzeichen für eine Straftat. Herr Jansen hat ein sehr heruntergekommenes Anwesen geerbt, das sicher einiges an Reparaturarbeiten benötigt. Es ist also gut möglich, dass der Mann aus Waldshut ein Handwerker ist, den Hauke beauftragt hat."

David atmete tief durch, während er sich unruhig auf seinem Stuhl bewegte. „Aber, Herr Hauptmeister, Hauke Jansen ist kein einfacher Typ. Sie müssen doch irgendetwas unternehmen, oder?"

Der Polizist hob die Hand und sagte mit ruhiger Stimme: „Sie beide haben Ihre Beobachtungen und Eindrücke sehr gewissenhaft geschildert und ich verstehe, dass Sie Bedenken haben. Ich werde Ihre Aussagen aufnehmen, aber ich muss Sie auch warnen: Gemäß § 164 des Strafgesetzbuches ist es strafbar, jemanden ohne handfeste Beweise falsch zu verdächtigen. Bitte bedenken Sie das, wenn Sie solche Vermutungen äußern."

Lena errötete leicht und nickte stumm. Sie spürte, dass sie sich zu sehr von ihren Verdächtigungen hatte leiten lassen und David legte beruhigend eine Hand auf ihre Schulter.

Kurz darauf schlenderten die beiden schweigend durch die Fußgängerzone von Oberkirch. Nach dem Gespräch mit der Polizei waren sie frustriert und das Bedürfnis, die Dinge einfach für einen Moment ruhen zu lassen, überwog. Sie hatten das Tuk-Tuk hinter der Kirche geparkt. Bevor sie in die Gasse zum Kirchplatz bogen, hielten Sie an der kleinen Eisdiele und ohne viele Worte zu wechseln, setzten sie sich an einen der Tische im Freien. Die Fußgängerzone war voller Menschen und die angenehm warme Brise trug das Lachen, das Klirren von Gläsern und das gedämpfte Gespräch vieler Stimmen mit sich. Sie bestellten jeder ein Spaghetti-Eis und lehnten sich zurück, den Blick auf das Treiben vor ihnen gerichtet.

Die Luft war erfüllt von den Aromen frisch gebackener Waffeln und Espresso, die von den umliegenden Cafés herüberwehten. Ein Straßenmusikant spielte sanfte Melodien auf einer Gitarre und die Menschen in der Fußgängerzone bewegten sich mit der typischen Mischung aus Eile und Gelassenheit eines Samstagnachmittags.

Ein älteres Ehepaar schlenderte langsam vorbei, Arm in Arm, er mit einem gutmütigen Lächeln, während sie ihm liebevoll das Tuch um den Kragen richtete. Dahinter eilte eine Gruppe junger Mädchen mit Einkaufstüten in den Händen vorbei, die Köpfe nah zusammengesteckt und vertieft in ein angeregtes Gespräch über die neuesten Mode-Errungenschaften, wie man an ihren freudigen Gesichtern und den Tragetaschen unschwer erkennen konnte.

Lena stützte ihr Kinn in die Hand und lächelte versonnen, als ein kleines Kind mit einem riesigen Eisbecher in der Hand vorbeihüpfte, wobei ein großer Klecks Erdbeereis bereits am Ellbogen herunterlief. Die Mutter des Kindes kam hinterher und wischte ihm geduldig das Eis vom Arm, während der

Junge ungerührt weiter leckte, die Augen strahlend vor Genuss.

Dann fiel Lenas Blick auf eine junge Frau mit einem fröhlichen Mischlingshund, der mit Energie die Umgebung erkundete. Die Frau versuchte, den Hund zurückzuhalten, doch dieser hatte sich mit der Leine ein Stück um einen Kinderwagen gewickelt. Sie musste lachen und schüttelte den Kopf, als die Frau versuchte, sich und den Hund zu entwirren, während der Hund freudig mit dem Schwanz wedelte, als sei das alles ein Spiel. Das Baby im Kinderwagen quietschte vor Freude und streckte die Arme nach dem Hund aus, was das Chaos nur noch vergrößerte. Lena schmunzelte und stieß David mit dem Ellenbogen an, um ihn auf die Szene aufmerksam zu machen.

„Schau mal", sagte sie leise und wies mit dem Kopf in die Richtung der jungen Frau. David grinste ebenfalls und schüttelte den Kopf, als der Hund endlich befreit war und die junge Mutter mit einem erleichterten Lachen den Kinderwagen weiterschob.

Der Trubel der Stadt und die unbeschwerten Szenen um sie herum ließen die Frustration des Tages langsam verblassen. Hier in der warmen Nachmittagssonne, mit dem erfrischenden Eis und der friedlichen Atmosphäre, schien die Welt für einen Moment ganz in Ordnung zu sein.

Während Lena noch immer lächelnd die Frau mit dem Hund und dem Kinderwagen beobachtete, wanderte Davids Blick zufällig weiter die Straße entlang und blieb an einem Mann hängen, der gerade das benachbarte Café verließ. Der Mann trug ein gepflegtes Business-Outfit und verabschiedete sich mit einem kurzen, festen Händedruck von einem anderen, deutlich älteren Herrn. Als sich ihre Blicke für einen kurzen Moment trafen, verharrte David. Der Mann reagierte nicht und drehte sich langsam um, doch David spürte einen Stich der Erkenntnis. Ein Blitz durchfuhr ihn, als er das Gesicht des Fremden in Erinnerung rief: unterschiedlich farbige Augen.

„Lena, schnell!", flüsterte er und griff in seine Tasche. Er zog einen 20-Euro-Schein hervor, legte ihn unter das kleine silberne Tablett auf dem Tisch und zog Lena an der Hand mit sich. „Komm schon, wir müssen ihm folgen!"

Verwirrt und überrascht ließ sich Lena mitziehen, als David zielstrebig hinter dem Mann herging, der mit lässigem Schritt die Fußgängerzone in Richtung Bahnhof entlangschlenderte. Der Fremde schien sich nicht sonderlich zu beeilen und wirkte völlig entspannt, fast so, als habe er den Nachmittag nur für sich. Doch David und Lena blieben mit einem gewissen Abstand an ihm dran, achteten darauf, ihm nicht zu nahezukommen. Sie wechselten die Straßenseite, blieben hier und da kurz stehen und gaben sich Mühe, unauffällig zu bleiben.

„Bist du sicher, dass das…?", flüsterte Lena, doch David nickte fest. „Der Typ aus Simones Beschreibung, die Augen – das ist er!"

Schließlich blieb der Mann vor einem schimmernden, schwarzen Fahrzeug stehen, das am Straßenrand parkte. David bemerkte sofort die auffällig große, schwarze Limousine, die einen Hauch von Luxus ausstrahlte. Der Mann zog die Tür auf, stieg ein und schloss sie hinter sich mit einem leisen, sicheren Klick. Der Wagen setzte sich beinahe lautlos in Bewegung und fuhr gemächlich die Straße hinunter.

David und Lena standen wie angewurzelt da, aber David registrierte gerade noch rechtzeitig das Kennzeichen – es war aus Offenburg. „Hast du das gesehen?", flüsterte er und Lena nickte, während ihre Gedanken um das eben Gesehene kreisten. Die Begegnung, die Limousine, die unterschiedlichen Augenfarben – alles wirkte wie ein Puzzleteil, das sich langsam zusammenfügte.

# Eine Spur und eine Standpauke

Lena und David stiegen ins Tuk-Tuk und machten sich auf den Weg zum Breitner-Hof. Die Entdeckung des Mannes mit den verschiedenfarbigen Augen beschäftigte beide und während der Fahrt hielt Lena den Zettel mit dem notierten Kennzeichen wie einen Schatz fest in der Hand. Sie hatte den kleinen, abgerissenen Zettel unter einem Sitz gefunden und sorgsam das Kennzeichen darauf gekritzelt – eine Notiz, die sie auf keinen Fall verlieren wollte. David konzentrierte sich auf die Fahrt, doch die Spannung in der Luft war greifbar.

Auf dem Breitner-Hof angekommen, hörten sie die leisen, gleichmäßigen Stimmen von Davids Vater Markus und Heinrich, die anscheinend gerade in der Scheune arbeiteten. Die Väter standen Seite an Seite und waren damit beschäftigt, die letzten Flaschen des „Sonderbrands" der Ulmer Polizeiäpfel sorgfältig zu verpacken. Die Flaschen mit dem Namen „Alte Freundschaft" lagen ordentlich in gepolsterten Holzkisten, die für den Versand bereit waren. Sie hatten die gemeinsame Ernte der restlichen Äpfel zu einem speziellen Brand verarbeitet, als Zeichen des Zusammenschlusses ihrer beiden Familien nach all den Jahren der Rivalität.

David räusperte sich und klopfte leicht an die offene Tür der Scheune. Beide Männer sahen auf und begrüßten die beiden jungen Leute mit einem Nicken und einem leichten Lächeln. Doch als David und Lena näher traten, bemerkten die Väter den ernsten Ausdruck in ihren Gesichtern.

„Was ist los? Irgendwas passiert?" fragte Markus, während er die Arbeit unterbrach und sich die Hände abklopfte.

David atmete tief durch und begann, von ihrem Besuch bei der Polizei zu erzählen. Er schilderte, wie sie ihre Beobachtungen in der Armenhöfestraße gemeldet hatten und wie der Polizist ihre Vermutungen skeptisch aufgenommen hatte. Lena fügte hinzu, dass der Polizist ihnen verdeutlicht hatte, wie vorsichtig sie sein mussten, da unbestätigte Anschuldigungen als Straftat gelten könnten. Heinrich runzelte die Stirn, als sie dies erwähnte, doch bevor er etwas sagen konnte, hob Lena den kleinen Zettel mit dem Kennzeichen in die Luft. Sie erklärte hastig, wie sie den Mann aus dem Café beobachtet hatten und ihn sofort an die Beschreibung der Wirtin erinnert fühlte – und dass sie sich genau in diesem Moment an die Details der Augenfarben erinnert hatten.

Markus blickte zunächst verständnislos auf den Zettel in Lenas Hand, dann sah er zu Heinrich, dessen Miene sich zunehmend verdunkelte. Nach einem langen Moment der Stille sah Heinrich die beiden fest an, sein Gesicht ernst und seine Stimme ungewohnt scharf.

„Und was habt ihr euch dabei gedacht?", fragte Heinrich streng. „Ihr geht zur Polizei und erzählt ihnen von einem Treffen, das ihr gesehen habt – ohne ein einziges handfestes Beweisstück? David, Lena, ich verstehe, dass ihr helfen wollt, aber das ist nicht die Art und Weise, wie man Dinge klärt. Damit bringt ihr euch nur selbst in Schwierigkeiten."

Lena schlang die Arme vor der Brust und starrte beschämt zu Boden, während David sich leicht räusperte und einsah, dass ihr Versuch, selbst Ermittlungen anzustellen, eine unbedachte Aktion gewesen war.

„Hört zu", fuhr Heinrich fort, seine Stimme etwas weicher, aber dennoch fest. „Wenn es hier tatsächlich etwas zu entdecken gibt, dann sollen die Beamten das regeln. Es ist nicht euer Job, irgendwelchen Männern hinterherzulaufen oder Kennzeichen zu notieren. Lasst die Polizei ihren Job machen."

Markus nickte zustimmend und fügte hinzu: „Ich weiß, dass euch das beschäftigt und ihr euch nicht wohlfühlt. Aber solche Angelegenheiten können unvorhergesehene Konsequenzen haben. Lasst uns diese Informationen mit Bedacht an die richtigen Stellen weiterleiten und nicht eigenmächtig handeln."

Heinrich blickte seinen Sohn und Lena eindringlich an. „Vergesst nicht, dass die Polizei euch nicht ohne Grund gewarnt hat. Falsche Anschuldigungen – ob mit Absicht oder aus Leichtsinn – können ernsthafte Konsequenzen haben. Wenn ihr uns wirklich helfen wollt, dann, indem ihr ruhig und vorsichtig bleibt."

Die Standpauke wirkte nach und eine schwere Stille legte sich über die Scheune. Heinrich schien die beiden mit einem durchdringenden Blick zu mustern und schließlich legte er eine Hand auf Lenas Schulter und drückte sie sanft, fast väterlich. „Ich weiß, ihr wollt nur das Beste. Aber manchmal ist es besser, einen Schritt zurückzutreten. Hast du schon vergessen, Lena, was beim letzten Mal passiert ist? Dein Leben war in Gefahr, als du entführt wurdest – und das war viel weniger, als das, was ihr euch hier vorgenommen habt."

Lena blinzelte, als diese Erinnerung sie unerwartet überkam und sie spürte ein flaues Gefühl im Magen. Sie hatte diesen Moment tatsächlich beiseitegeschoben, aber Heinrichs Worte ließen die Bilder der Angst wieder lebendig werden. Sie nickte zögerlich und auch David erkannte den Ernst in seinem Vater, der ruhig und entschieden an das Risiko erinnerte.

Lena und David nickten schließlich, innerlich hin- und hergerissen. Sie hatten verstanden – doch in ihnen brannte noch immer das Bedürfnis, das Rätsel um Hauke zu lösen, so sehr, dass es ihnen schwerfiel, einfach loszulassen.

Während die Väter sich wieder dem Verpacken der Flaschen für den „Alte Freundschaft" Sonderband widmeten, zogen sich Lena und David in die Küche von Breitners zurück. Die Stimmung war gedrückt, aber auch von einer unterschwelligen Spannung erfüllt. Auf dem Küchentisch waren etliche Unterlagen von Markus Breitner verstreut, darunter auch das Schreiben des Anwalts, den Markus und Heinrich wegen der Unterlassung aufgesucht hatten.

David nahm das Schreiben des Anwalts in die Hand und begann leise vorzulesen: „… empfehle ich Ihnen dringend, auf die Unterlassungsklage nicht zu reagieren und vor allem nichts zu unterschreiben. Es ist dokumentiert und offiziell bestätigt, dass die Brennrechte für beide Höfe rechtmäßig bestehen. Da sowohl der Fruntner-Hof als auch der Breitner-Hof nur eigene Früchte destillieren, sehe ich keine Grundlage …"

David blickte nachdenklich von dem Schreiben auf und legte es auf den Tisch. Lena, die ihn still beobachtet hatte, runzelte die Stirn und schien plötzlich etwas zu realisieren. „David… als wir gestern beim Hauke im Hof gelauscht haben, da war doch was…" Sie stockte einen Moment, um die Erinnerung genau zu fassen. „Ich habe im hinteren Teil seines Hofs eine Euro-Palette gesehen. Die war voll mit leeren Flaschen."

David hob die Augenbrauen. „Leere Flaschen? Was will er denn damit, Friedrich hat doch nie irgendwas destilliert. Das ergibt doch keinen Sinn."

Lena nickte „Stimmt, Friedrich hat zwar richtig viel Apfelwiesen, aber selber gebrannt hat er nie, oder?"

David runzelte die Stirn und überlegte weiter. „Selbst wenn er die Flaschen für irgendetwas verwenden will – das erklärt nicht die nächtlichen Diebstähle unserer Äpfel. Ich meine, was will Hauke mit unseren Äpfeln? Zum Sutterer-Hof gehören fünf Wiesen, je ein halber Hektar und auf allen wächst ausschließlich der Ulmer Polizeiapfel. Das sind grob gezählt über 150 Bäume."

Lena nickte nachdenklich. „Aber das würde ja bedeuten, dass Hauke, wenn er tatsächlich brennt, auf eine Weise damit anfangen müsste, von der Friedrich nie gewollt hätte, dass sie damit enden. Diese Apfelsorte ist etwas Einzigartiges und die Flaschen – vielleicht wird er sie für etwas verwenden, das niemand erwartet."

Die beiden sahen sich an und es lag ein unausgesprochener Gedanke in der Luft. Schließlich sagte Lena: „Weißt du was, David? Schräg gegenüber vom Sutterer-Hof wohnt die alte Maria Krumholz. Sie hat fast ihr ganzes Leben dort verbracht und kennt vermutlich jeden Schritt, den Friedrich gemacht hat. Vielleicht kann sie uns mehr über ihn erzählen – ob er tatsächlich mal selbst gebrannt hat, oder ob sie in den letzten Tagen diesen schwarzen LKW gesehen hat. Sie wohnt genau gegenüber und sieht aus ihrem Fenster alles, was dort passiert."

David lächelte. „Das klingt nach einem guten Plan. Außerdem freut sie sich sicher über Besuch." Sie machten sich sofort auf den Weg und parkten das Tuk-Tuk in der Nähe des Sutterer-Hofs. Die Sonne schien sanft in den kleinen Vorgarten und die Ligusterhecke, deren Blätter sanft im Wind raschelten. Vor dem kleinen Haus der 95-Jährigen blieb Lena einen Moment stehen und atmete tief durch, bevor sie an die Tür klopfte.

Nach einem kurzen Augenblick öffnete Maria die Tür und lächelte die beiden mit strahlenden Augen an. „Ach, Lenchen und David! Wie schön, euch zu sehen! Kommt rein, kommt rein! Es ist selten, dass ich Besuch bekomme – aber so ist das, wenn man fast alle überlebt hat", sagte sie und klang dabei weder traurig noch bitter, sondern eher versöhnt mit dem Lauf der Zeit.

Im Wohnzimmer war es gemütlich und warm. Überall standen kleine Sammlerstücke, die von den Jahren und Erinnerungen der alten Dame erzählten. Während Maria eine Kanne Tee aufgoss und ihnen einige selbstgebackene Kekse reichte, erzählte sie in einem entspannten Plauderton von früher. Sie sprach von den alten Zeiten, von Festen, besonders vom jährlichen Ulmer Patroziniumsfest und von den Menschen, die einst hier gelebt hatten.

Natürlich ließ sie die Märkte von damals nicht aus, Märkte auf denen sie immer ihre selbst geflochtenen Körbe zum Kauf anbot. „Aber das gibt es ja nicht mehr wirklich, schade, schade" referierte Maria vor sich hin.

Nachdem sie eine Weile zugehört hatten, lenkte Lena das Gespräch vorsichtig auf Friedrich Sutterer. „Maria, wir wollten dich was fragen … Erinnerst du dich, ob Friedrich jemals selbst gebrannt hat? Ich meine, ob er die Äpfel nicht nur verkauft hat, sondern vielleicht auch etwas damit gemacht hat."

Maria schüttelte den Kopf. „Oh nein, Friedrich war kein Brenner. Er hatte die Apfelwiesen, ja – aber die Ernte hat er immer von einem Lohnunternehmen machen lassen. Ich kann mich nicht erinnern, dass er jemals etwas anderes gemacht hätte. Brennen, das war nie sein Metier." Sie nahm einen Schluck aus dem Porzellantässchen, welches sie mit abgespreiztem kleinen Finger hielt und erzählte weiter.

„Der Friedrich, der hatte ja damals immer Klinsch mit seinem Vater. Ein sehr herrischer Mann." Lena und David merkten, dass die 95-Jährige gedanklich tief in ihren Erinnerungen schwelgte, während sie vor sich hin plauderte. „Als seinerzeit der Helmut von uns ging, hat Friedrich direkt bekannt gegeben, dass er das Brennrecht seines Vaters nicht übernehmen wolle." Maria seufzte. „Ein stattlicher Mann war er, der Friedrich, … hätte ich meinen Hans nicht gehabt …" sie lächelte und ihr Blick schien weit in die Vergangenheit entrückt.

David und Lena tauschten einen Blick und David fragte weiter: „Und ist dir in den letzten Tagen irgendetwas Ungewöhnliches aufgefallen? Vielleicht ein schwarzer LKW oder ungewöhnliche Besucher bei Hauke?"

Maria lehnte sich zurück und runzelte die Stirn. „Nun, jetzt wo ihr es sagt … da war tatsächlich ein LKW. Ich dachte, es wäre einer dieser Lieferservice-Lastwagen. Aber wenn ich jetzt darüber nachdenke, dann war der ungewöhnlich. Rabenschwarz und sehr leise, fast schon heimlich kam der spät abends vorbei. Und dann fuhr er nach einiger Zeit wieder weg. Aber ich habe mir nichts weiter dabei gedacht."

David zog die Augenbrauen hoch. „Und das war in den letzten Tagen? Hast du gesehen, was sie ausgeladen haben?"

„In den letzten Tagen?" Maria überlegte, dann schüttelte sie den Kopf. „Nein, das war gestern Abend, aber ich konnte nicht genau sehen, was sie taten. Es war schon dunkel und ich bin nicht mehr so gut auf den Beinen, dass ich hätte näher herangehen können." Sie sah die beiden forschend an. „Ihr denkt doch nicht etwa, dass …?" Sie ließ den Satz offen und Lena griff lächelnd nach ihrer Hand.

„Nein, wir wollten nur wissen, ob dir vielleicht etwas aufgefallen ist. Danke, Maria", sagte Lena.

Die alte Dame lächelte zufrieden und schenkte ihnen noch einmal Tee nach. Die drei blieben noch eine Weile sitzen und Maria erzählte weitere Geschichten aus ihrem langen Leben. Es war eine friedliche Atmosphäre, in der die Zeit stillzustehen schien und als David und Lena schließlich aufbrachen, versprach Maria ihnen, sich zu melden, sollte ihr noch irgendetwas Auffälliges begegnen.

„Ihr zwei seid mir gute Menschen", sagte sie mit einem warmen Lächeln, während sie den beiden zur Tür folgte. „Wenn ich noch etwas sehe oder höre, dann seid ihr die Ersten, die es erfahren."

Zurück im Tuk-Tuk sahen sich Lena und David an. „Letzte Nacht also", murmelte David, „aber die leeren Flaschen, der LKW … was wurde da wohl angeliefert? Irgendetwas hat er vor und es fühlt sich an, als würde er das nur im Schutz der Dunkelheit tun."

Lena und David fuhren zurück zum Breitner-Hof, wo sie aber nur die Erntehelfer vorfanden, die auf dem Hof mit der Abfüllung der letzten Obstkisten beschäftigt waren. Niemand aus der Familie war zu sehen und nachdem sie sich kurz umgehört hatten, machten sie sich weiter auf den Weg zum Fruntner-Hof, um Heinrich dort zu suchen.

Als sie dort ankamen, saß nur Gabi im Wohnzimmer, entspannt in einem Sessel, ein Buch in der Hand und ein leises Lächeln auf den Lippen, das darauf hindeutete, dass sie den Nachmittag in Ruhe genoss. Sie schaute auf, als Lena und David eintraten und fragte neugierig: „Ihr beide wieder zusammen unterwegs? Sucht ihr jemanden?"

„Ja, wir wollten mit meinem Vater und Heinrich sprechen", antwortete David. „Sind sie hier?"

Gabi lachte leise und legte das Buch zur Seite. „Die beiden? Die haben sich zum Feierabendbier in den ‚Löwen' verzogen. Sie wollten es sich wohl nach den letzten Tagen mal etwas gutgehen lassen." Sie zwinkerte und fügte schmunzelnd hinzu: „Wollt ihr sie dort abholen? Vielleicht sind sie ja schon bereit dazu."

Lena und David bedankten sich bei Gabi und machten sich auf den Weg in die urige Dorfkneipe, den „Löwen". Schon beim Betreten umfing sie der unverkennbare Duft von frisch gezapftem Bier und der Geruch nach Holz, vermischt mit dem Aroma von gewürzten Brezeln, die gerade serviert wurden. Die Wände waren weiß getüncht und die hölzernen Fachwerkbalken bildeten liebevoll herausgearbeitete Abgrenzungen zwischen den einzelnen Bereichen. Durch diese geschickt platzierten Balken wirkte der Raum gemütlich unterteilt, fast wie in kleine Wohnnischen, die für eine angenehme Atmosphäre sorgten.

Die Einrichtung und Dekoration waren in jedem Detail liebevoll ausgewählt: die indirekte Beleuchtung strahlten ein sanftes Licht aus und in den Ecken standen kleine Sammlerstücke, die Geschichten aus alten Zeiten erzählten. Die gesamte Einrichtung strahlte eine Vertrautheit aus, die das Gefühl gab, nach Hause zu kommen.

Hinter der Theke stand Britta, die Wirtin, die eine geschickte Mischung aus Freundlichkeit und Herzlichkeit ausstrahlte. Sie sah auf, als Lena und David eintraten und lächelte breit. „Na, ihr beiden! Zwei Pils?" Mit einem leichten Kopfnicken deutete sie zu einem kleinen Tisch, an dem Heinrich und Markus bereits saßen und in ein intensives Gespräch vertieft schienen.

Während Britta flink die Biere zapfte, drang aus dem Hinterzimmer lautes Gelächter und Gejohle. Ein paar junge Männer von der freiwilligen Feuerwehr spielten am Tischkicker und bei jedem Tor brandete Jubel auf, der bis in den vorderen Bereich zu hören war. Der Spielspaß der Jungs übertrug sich auf die Atmosphäre der gesamten Kneipe, die vor Leben und Geselligkeit nur so summte.

Lena und David nahmen ihre Gläser entgegen und steuerten auf den Tisch zu, an dem die beiden Väter saßen. Heinrich und Markus blickten auf und nickten ihnen zur Begrüßung zu, ein warmes Lächeln auf den Lippen.

# Neue Wege gehen

Die beiden ließen sich auf die freien Stühle am Tisch ihrer Väter nieder und stellten die Biere ab, bevor sie begannen, von ihrem Besuch bei Maria Krumholz zu erzählen, stießen die Vier an. Lena und David schilderten jede Einzelheit der Unterhaltung mit der alten Dame und die spannenden Geschichten, die die 95-Jährige aus ihrem langen Leben erzählt hatte. Heinrich und Markus hörten aufmerksam zu und ein anerkennendes Lächeln legte sich auf Markus' Gesicht, als Lena den Teil mit dem schwarzen LKW und den leeren Flaschen in Haukes Hof erwähnte.

„Also, Maria ist wirklich noch unfassbar rüstig und klar im Kopf – mit 95! Wenn ich mal in dem Alter bin, möchte ich auch noch so fit sein", sagte Markus beeindruckt.

David grinste und klopfte ihm scherzhaft auf die Schulter. „Du willst mich also überleben?" Er lachte und die anderen stimmten mit ein, wodurch die lockere Stimmung am Tisch für einen Moment aufhellte.

Doch das Gespräch nahm schnell wieder eine ernstere Wendung, als sie begannen, die neuen Erkenntnisse zu durchdenken. Die nächtliche Lieferung des LKWs und die Palette mit den leeren Flaschen, die Lena entdeckt hatte, ließen viele Fragen offen. Markus kratzte sich nachdenklich am Kinn. „Vielleicht will Hauke etwas Neues ausprobieren? Aus den Ulmer Polizeiäpfeln einen besonderen Apfelsaft pressen, der irgendwie heraussticht?"

Heinrich runzelte die Stirn und schüttelte langsam den Kopf. „Aber das passt doch alles nicht zusammen. Wenn es tatsächlich um einen speziellen Apfelsaft geht, warum dann das ganze Versteckspiel? Hauke hat doch alle Möglichkeiten, das offen zu machen."

Die vier verfielen in ein tiefes Grübeln, während sie die verschiedenen Möglichkeiten durchspielten. Plötzlich, wie aus dem Nichts, hörten sie eine Stimme vom Nachbartisch. Anke Hoffmann, die Sekretärin des Ortsvorstehers, saß mit ihren Freundinnen am Tisch neben ihnen und hatte wohl einiges vom Gespräch der Männer und jungen Leute mitbekommen.

„Entschuldigt bitte", begann sie und rückte ein wenig näher heran, „ich habe gehört, dass ihr über Haukes Apfelernte sprecht. Aber, soweit ich das gesehen habe, hat der doch gar nichts geerntet." Sie schüttelte den Kopf und setzte hinzu: „Ich bin heute Mittag mit dem Rad an zwei der Wiesen vorbeigefahren, als ich in Mösbach Rahmkäse holen war. Da lagen die Äpfel überall faulend unter den Bäumen. Niemand hat dort geerntet."

Heinrich und Markus tauschten einen verwirrten Blick. „Du meinst, die Wiesen mit den Ulmer Polizeiäpfeln?", fragte Heinrich ungläubig.

„Ja, zumindest auf den beiden Flächen, an denen ich heute Mittag vorbeikam", bestätigte Anke und zuckte die Schultern. „Ich fand das schon seltsam, weil es normalerweise viel früher geerntet wird, aber vielleicht hat der Jansen einfach die Planung verpasst."

Diese Information verwirrte die vier nur noch mehr. Wenn die Äpfel nicht geerntet wurden, sondern auf den Wiesen lagen und verfaulten, was hatte es dann mit den nächtlichen Transporten und den leeren Flaschen auf sich?

Markus lehnte sich mit verschränkten Armen zurück und rechnete schnell im Kopf durch. „Selbst wenn Hauke die Äpfel an einen Safthersteller verkauft – bei 150 Bäumen kommt da kaum genug Profit rein, um sich wirklich lohnend zu nennen. Das ist mehr eine Sache für das berühmte ‚Taschengeld‘ als eine echte Einnahmequelle."

Lena nickte zustimmend. „Genau das hat Maria auch angedeutet. Sie meinte, Friedrich hätte die Apfelwiesen eher aus Pflichtgefühl weiter gepflegt, weil sein Vater ihn dazu angehalten hatte. Für ihn war es wichtig, den Ulmer Polizeiapfel zu erhalten, damit die Sorte nicht ausstirbt. Anscheinend sah er das als seine Aufgabe, aber der Gewinn aus der Apfelernte war nur ein kleines Zubrot zu seiner Rente."

Heinrich stimmte ebenfalls zu und fügte nachdenklich hinzu: „Das ergibt Sinn, vor allem, wenn man bedenkt, dass er das Brennrecht seines Vaters nie fortgeführt hat. Er lebte wohl gut von dem Erbe und seiner Rente, ohne auf zusätzliche Einnahmen angewiesen zu sein."

In diesem Moment kam Britta, die Wirtin, mit zwei frisch gezapften Pils an den Tisch und stellte die Gläser vor Markus und Heinrich ab. Sie schob ein schelmisches Lächeln auf die Lippen und meinte: „Ach, wenn ihr euch so viele Gedanken über den Hauke macht, warum fragt ihr den Neigschmeckten nicht einfach direkt?"

Lena hob eine Augenbraue und sah Britta neugierig an. Das Wort „Neigschmeckter" war ihr natürlich vertraut. Es war badisch und bedeutete in etwa „der Zugezogene" –

jemand, der nicht von hier war und damit ein bisschen ein Außenseiter blieb. Hauke, der aus Stuttgart kam und nur als Erbe seines Onkels den Hof übernommen hatte, passte perfekt in dieses Bild. Für viele im Ort war er einfach „der Neigschmeckte" und so manch einer begegnete ihm mit Skepsis oder einem gewissen Argwohn.

Markus lachte und schüttelte den Kopf. „Ja, Britta, das wär wohl das Einfachste. Aber ich glaube kaum, dass der Neigschmeckte uns so leicht auf die Schliche kommen lässt."

Britta zuckte die Schultern und zwinkerte. „Manchmal hilft's, wenn man nicht so viel um den heißen Brei redet. Ihr wisst ja – die Schwaben haben ihre eigenen Ideen, aber ein klares Wort wirkt manchmal Wunder." Sie zwinkerte ihnen zu und verschwand wieder Richtung Theke.

Die vier schauten sich an, ein wenig amüsiert und nachdenklich zugleich. Trotz der Skepsis über Brittas Vorschlag und dem leicht spöttischen Unterton, mit dem sie das Wort „Neigschmeckte" benutzt hatte, reifte in ihnen der Gedanke, Hauke tatsächlich direkt zur Rede zu stellen. Warum nicht einfach offen an ihn herantreten und sehen, wie er reagiert?

„Na gut", begann Heinrich schließlich und sah in die Runde. „Dann machen wir's so. Wir fragen ihn direkt. Wenn er wirklich nichts zu verbergen hat, wird er uns das doch sicherlich sagen."

Markus nickte und ein entschlossenes Lächeln schlich sich auf sein Gesicht. „Und der perfekte Zeitpunkt dafür wäre am kommenden Wochenende. Da wird das Patroziniumfest gefeiert – der ideale Ort, um ins Gespräch zu kommen. Es ist einer der wichtigsten Tage für die Dorfgemeinschaft und Hauke wird sicher da sein, um sich zu zeigen."

Lena sah die drei Männer an und fügte hinzu: „Dann gehen wir freundlich auf ihn zu, reichen ihm symbolisch die Hand und sehen, ob er vielleicht bereit ist, die Karten offen auf den Tisch zu legen."

David schmunzelte und sagte, halb im Scherz: „Vielleicht fängt er ja an zu reden, wenn er sieht, dass wir uns wirklich für seine Seite interessieren – oder er wird nervös."

Lena schlug außerdem vor: „Ich könnte vorher noch Maria abholen und ihr eine Freude machen, indem ich sie mit aufs Fest nehme. Sie hat so viel von früher erzählt und davon, wie sehr sie die Märkte und Feste im Dorf vermisst. Ein Fest wie das Patrozinium wäre bestimmt genau das Richtige für sie."

Die anderen nickten zustimmend und David legte eine Hand auf Lenas Schulter. „Das ist eine wunderbare Idee. Maria wird sich bestimmt freuen und vielleicht ergibt sich sogar die Gelegenheit, dass sie Hauke sieht. Sie sieht ihn sicher häufiger als jeder von uns und kann ihn vielleicht besser einschätzen."

Markus hob sein Glas und sagte grinsend: „Also gut, dann stoßen wir auf das kommende Wochenende an – und auf ein offenes Gespräch, das uns hoffentlich Antworten liefert."

Lena hatte am nächsten Tag Maria Krumholz besucht und ihr von ihrem Plan erzählt, sie auf das Ulmer Patroziniumsfest mitzunehmen. Die Freude der alten Dame war unverkennbar und sie hatte sofort angefangen, Pläne zu schmieden. „Aber dann musst du mich rechtzeitig vor dem Fassanstich abholen, Lena!" hatte sie betont, „Das ist doch der schönste Moment, wenn das Fest beginnt."

Als es dann endlich so weit war, holte Lena die aufgeregte Maria, die sich extra schick angezogen hatte, am Samstagabend ab. David war bereits zur Festmeile vorausgegangen, die sich vom kleinen Platz vor der Ortsverwaltung entlang der Frohnhofstraße bis hinauf zum Brauereihof erstreckte, um im Festzelt einen Platz für Maria zu sichern. Das Festzelt füllte sich schnell und David wollte sicherstellen, dass die alte Dame bequem sitzen konnte.

Arm in Arm gingen Lena und Maria langsam über den kleinen Platz, während Maria mit staunenden Augen die laute Musik und die blinkenden Lichter des Autoscooters betrachtete. „Solche Dinge gab es in meiner Jugend nicht", murmelte sie beeindruckt, während sie mit einem versonnenen Lächeln die kleinen Kinder auf dem Minikarussell daneben beobachtete.

Lena bemerkte, dass viele Dorfbewohner Maria freudig begrüßten und nicht wenige von ihnen sich die Zeit nahmen, ein paar Worte mit ihr zu wechseln. Sie war überrascht, wie viele sich offenbar freuten, Maria zu sehen. Die Gespräche waren geprägt von herzlichen Umarmungen und dem Austausch alter Geschichten und Lena spürte, dass Maria eine zentrale Figur in der Geschichte des Dorfes war.

Mit einem letzten freundlichen Lächeln hakte sie sich bei Maria unter und schob sie vorsichtig durch die Menge. Sie schafften es schließlich bis zum Festzelt. Drinnen herrschte ein freudiges Durcheinander und Lena musste die Menschen sanft zur Seite schieben, um Maria zu dem reservierten Platz zu bringen, den David für sie gesichert hatte. Der

Ortsvorsteher stand bereits auf der Bühne und hielt die Eröffnungsrede, während das Publikum aufmerksam lauschte.

Als er Maria entdeckte, hielt er kurz inne und lächelte. „Ich sehe, dass wir heute einen besonderen Ehrengast begrüßen dürfen: Maria Krumholz, die über viele Jahre eine der tragenden Säulen unseres Dorfes war und heute mit uns feiert." Die Menschen im Zelt drehten sich um und ein kurzer Applaus erfüllte den Raum. Maria wurde leicht rot und strahlte gleichzeitig, überwältigt von der Aufmerksamkeit.

Kurz darauf stieß der Ortsvorsteher mit einem kräftigen Schlag auf das Fass den Zapfhahn an und das Fest war offiziell eröffnet. Nach dem tosenden Applaus und dem Jubel der Menge brachte David Maria einen Humpen mit frisch gezapftem Ulmer Bier. Die alte Dame strahlte über das ganze Gesicht, als sie den Humpen entgegennahm und einen herzhaften Schluck nahm.

Währenddessen streiften Markus und Heinrich unauffällig die Frohnhofstraße rauf und runter, die Augen wachsam auf der Suche nach Hauke Jansen. Sie mischten sich unter die Menge, schauten an den Ständen vorbei und beobachteten die ankommenden Festbesucher – doch Gesuchte war nirgendwo zu entdecken.

Später am Abend, als die kühle Abendluft in das Festzelt drang und die Musik leiser wurde, zog sich Maria ihren Schal enger um die Schultern. Sie wandte sich an David und sagte: „Ach, ich habe völlig vergessen, dass es abends so frisch wird. Meine Jacke hängt an der Garderobe in der Diele. Könntest du vielleicht so nett sein und sie schnell holen, David?"

„Natürlich, Maria", antwortete David und nahm den Hausschlüssel entgegen, den sie ihm mit einem dankbaren Lächeln reichte.

Er machte sich zügig auf den Weg zum Haus der alten Dame. Die Straßen waren ruhig und leicht beleuchtet und der kurze Spaziergang bot ihm eine willkommene Abwechslung von dem Trubel auf dem Fest. Als er Marias Haus erreichte und die Tür aufschloss, fand er die Jacke genau dort, wo sie es beschrieben hatte – an der Garderobe in der Diele. Zufrieden schloss er die Tür wieder hinter sich und kam die Stufen hinab, die Jacke über den Arm gelegt.

Gerade als er den kleinen Vorgarten betrat, fiel sein Blick auf Hauke Jansen, der unbewegt und mit verschränkten Armen im Hof gegenüber stand und in Davids Richtung starrte. Ohne viel nachzudenken, ging David auf ihn zu, hielt kurz inne und grüßte höflich. „Guten Abend, Hauke", sagte er mit einer freundlichen Miene. „Wir haben drüben Patrozinium, das jährliche Fest hier in Ulm. Vielleicht willst du ja mitkommen und ein bisschen die Leute kennenlernen, so als neuer Ulmer? Es ist immer eine gute Gelegenheit, ins Gespräch zu kommen."

Hauke verzog sein Gesicht zu einem zynischen Grinsen und schüttelte den Kopf. „Ne, lass mal. Eure Sterbebegleitung für die alte Gewitterziege könnt ihr alleine machen", sagte er mit einem abfälligen Tonfall und schnaubte verächtlich.

David blinzelte, die Worte ließen ihn fassungslos zurück. Doch bevor er etwas entgegnen konnte, hörte er das Geräusch einer Tür, die sich öffnete. Er wandte den Kopf und sah, wie die Tür zum Schuppen im Hof aufging und der Mann aus Waldshut heraustrat, sich mit einer langsamen Bewegung eine Zigarette anzündete und den Rauch tief inhalierte.

David konnte den Blick nicht von der offenen Tür lösen – und von der Destille, die im Schuppen stand und eindeutig in Betrieb war. Der leichte Dunst und das Summen der Apparatur waren unverkennbar.

Hauke bemerkte Davids starre Miene und schritt schnell auf ihn zu, packte ihn mit festem Griff und schob ihn energisch rückwärts aus dem Hof. „Und jetzt verschwinde von meinem Grundstück, du Hanswurst", zischte er und stieß David fast bis auf den Gehweg hinaus. „Ich hab echt besseres zu tun, als auf euer dummes Dorffest zu gehen. Cannstatter Wasen – das ist ein Fest! Nicht eure paar Bratwurststände", rief er ihm noch höhnisch nach.

David schüttelte den Kopf, die Jacke von Maria fest umklammert und wandte sich um, während Haukes Worte ihm noch im Rücken nachhallten.

Er rannte zurück zum Festzelt und drängte sich eilig durch die Menschenmenge, bis er schließlich bei Lena ankam, die verwundert die Augenbrauen hob, als er ihr hastig die Jacke von Maria in die Hand drückte. „Ich muss dringend meinen Vater und Heinrich finden", murmelte er, ohne weitere Erklärungen abzugeben und machte sich gleich darauf auf die Suche nach den beiden Männern.

Nach ein paar Minuten entdeckte er sie an einem Bierstand, umgeben von alten Bekannten und ein wenig mehr als nur angeheitert. Die beiden waren lachend in eine Diskussion mit einem weiteren Dorfbewohner vertieft und schienen wenig aufnahmefähig für ernsthafte Neuigkeiten. David schüttelte den Kopf und entschied, das Gespräch besser auf den nächsten Morgen zu verschieben, wenn die Köpfe wieder klar waren.

Etwa eine Stunde später war das Fest für Maria vorbei und Lena und David begleiteten die alte Dame zurück nach Hause. Eingehakt zwischen den beiden, schwankte sie ein wenig und kicherte unaufhörlich. Offenbar hatte auch sie die ungewohnte Feierlaune etwas mitgerissen. Sie schien völlig in ihrem Element, lachte und redete ohne Punkt und Komma über ihre früheren Erlebnisse und Anekdoten aus dem Dorf.

„Ach, dem Hauke, dem hab ich aber neulich meine Meinung gesagt, diesem Hundsfott", rief sie plötzlich mit blitzenden Augen. „Ist der mir mit seinem großen Protzauto in die Ligusterhecke gefahren! Stell dir das vor!"

Lena und David warfen sich belustigte Blicke zu, während sie Maria weiter die Armenhöfestraße entlangführten. „Und was hat er dazu gesagt?", fragte David mit einem schmunzelnden Ton.

„Frech gelacht hat der nur, dieser Bengel" schnaufte Maria empört. „Aber ich hab ihm's gegeben, oh ja! Hab ihm die Meinung gegeigt, so laut, dass selbst die Katzen im Dorf zusammengezuckt sind." Sie hob den Finger in die Luft, um ihre Entschlossenheit zu unterstreichen.

Als sie vor Marias Haus ankamen, schüttelte sie resolut den Kopf und fuhr fort: „Alle Kennzeichen hab ich mir aufgeschrieben, alle, von jedem LKW, der hier nachts kommt und Krach macht. Und angezeigt hab ich die, jawohl, wegen nächtlicher Ruhestörung! Bin extra mit dem Bus nach

Oberkirch gefahren." Sie lachte triumphierend. „Soll keiner denken, ich merk das nicht!"

Lena warf David einen schnellen Blick zu. „Wirklich, Maria? Alle Kennzeichen?"

„Aber ja", antwortete Maria stolz, während David und Lena sich Mühe gaben, das Lächeln nicht zu deutlich zu zeigen. „In der Schublade im Flur liegt das Notizbuch. Da hab ich sie alle notiert!"

David und Lena halfen ihr ins Haus und sahen sich an, als Maria ihre Jacke abstreifte und Richtung Wohnzimmer schwankte. Maria hatte tatsächlich wohl mehr Informationen gesammelt, als sie ihnen bisher zugetraut hätten.

Die alte Maria hatte sich kaum auf das Sofa gelegt, als sie auch schon in einen tiefen Schlaf fiel. Sie streifte einen Schuh ab, der leise auf den Boden fiel und kaum hatte Lena den zweiten Schuh vorsichtig von ihrem Fuß gezogen, war Maria in die weiche Sofakante eingesunken, das Gesicht ruhig und zufrieden. Lena nahm die gestrickte Decke vom Sessel, breitete sie vorsichtig über die alte Dame und strich ihr sanft über die Schulter.

„Schlaf gut, liebe Maria", flüsterte sie und ging leise zur Diele zurück, wo David bereits vor dem antiken Schränkchen stand. Seine Hand schwebte über der Schublade, als ob er sich nicht ganz sicher war, ob sie das Notizbuch wirklich einfach herausnehmen sollten. Lena zog eine Augenbraue hoch und warf ihm einen pragmatischen Blick zu. Ohne lange zu überlegen, griff sie beherzt zu.

„Wir klauen es ja nicht", flüsterte sie leise, als sie das kleine Notizbuch mit den sauber notierten Kennzeichen in den Händen hielt. „Wir schreiben nur die Nummernschilder ab."

David schmunzelte und hielt sein Handy hoch. „Oder … wie wäre es mit Fotos? Schneller und einfacher."

Mit einem kurzen Grinsen blätterten sie die Seiten durch und in weniger als zwei Minuten hatten sie die nötigen Fotos gemacht. Vorsichtig legte Lena das Notizbuch wieder an seinen Platz und die beiden zogen leise die Haustür von außen zu, darauf bedacht, keinen Laut zu verursachen.

Als sie den schmalen Gartenpfad entlanggingen, bemerkten sie, dass der Sutterer-Hof gegenüber vollkommen im Dunkeln lag. Kein Lichtschein, nicht einmal eine leise Bewegung war im Haus oder auf dem Hof zu erkennen. David und Lena tauschten einen nachdenklichen Blick, bevor sie sich auf den Weg zurück zum Fest machten, ihre Gedanken voll von der neu gewonnenen Information und dem Gefühl, dass sie mit Marias Liste vielleicht endlich eine entscheidende Spur in der Hand hatten.

# Misstrauen und Enttäuschung

Der Sonntagmorgen begann still und gedämpft, während die meisten Ulmer Dorfbewohner in der Kirche saßen und der Predigt lauschten. Heinrich hingegen saß mit schweren Kopfschmerzen am Küchentisch und hielt sich an seiner dampfenden Kaffeetasse fest, als sei sie das Einzige, was ihn gerade am Leben hielt. Er seufzte leise und nahm einen Schluck, während das Brummen in seinem Kopf langsam abzuklingen begann. Die warme Küche duftete nach frischem Kuchenteig, denn Gabi war damit beschäftigt, einen Kuchen für das Fest zu backen. Ihr Plan war, ihn später am Tag an einem der Stände zum Verkauf zu spenden und sie summte leise, während sie die Zutaten mit geschickten Händen vermengte.

Lena saß ungeduldig am Tisch, die Finger spielten nervös an ihrer Kaffeetasse. Sie konnte kaum erwarten, ihrem Vater von den Erlebnissen der letzten Nacht zu erzählen. Doch sie hielt sich zurück und ließ die Stille des Morgens wirken, wie David es vorgeschlagen hatte. Es würde mehr Gewicht haben, wenn beide Väter gleichzeitig alles erfuhren. Also wartete sie, bis das vertraute Brummen eines Motors und das Geräusch von Schritten vor der Haustür die Ankunft von David und Markus ankündigten.

Als die Tür aufging und die beiden hereinkamen, konnte Lena sich ein Grinsen nicht verkneifen. Markus sah kaum besser aus als Heinrich; seine Augen waren leicht gerötet und er schien sich mühsam zusammenzureißen, um sich aufrecht zu halten. Die beiden setzten sich, Markus eher schwerfällig, an den Küchentisch und griffen sofort zu den bereitstehenden Kaffeetassen, während Gabi ihnen mitleidig einen weiteren starken Kaffee einschenkte.

„Na, ihr zwei Frühaufsteher", sagte sie schmunzelnd, wobei sie den Kuchen in den Ofen schob und die Schürze abstreifte. „Gestern Abend gut gefeiert?"

„Ich würde eher sagen, zu gut", brummte Heinrich und nahm einen tiefen Schluck. Markus nickte zustimmend und schien sich erst jetzt langsam an seine Umgebung zu gewöhnen.

David und Lena warfen sich einen schnellen Blick zu. Dies war der Moment. Lena räusperte sich und die beiden Väter sahen auf, eine Mischung aus Neugier und leiser Skepsis in ihren Gesichtern.

„Wir müssen euch was erzählen", begann David und sofort legte sich eine gespannte Stille über die Küche. Heinrich und Markus hielten ihre Tassen etwas fester und sahen ihre Kinder aufmerksam an, während Lena und David von der letzten Nacht und ihrem Besuch bei Maria erzählten – von den notierten Kennzeichen, den nächtlichen Besuchen auf dem Sutterer-Hof und dem ungewöhnlichen Verhalten, sowie dem verbalen Ausraster von Hauke.

Je länger sie zuhörten, desto wacher und ernster wurden die beiden Männer.

Heinrich und Markus hörten aufmerksam zu, während David weiter berichtete. „Und dann stand ich da, mit Marias Jacke über dem Arm und sehe Hauke auf dem Hof stehen", erzählte David leise und spürte noch immer die Empörung in sich aufsteigen, als er an die Begegnung dachte. „Ich habe ihn angesprochen und gefragt, ob er nicht Lust hätte, mit uns auf das Fest zu kommen – so als neuer Ulmer – ihr versteht schon."

Heinrich zog die Augenbrauen hoch, aber Markus schüttelte leicht den Kopf, ein Zeichen, dass er mit der Reaktion rechnete.

„Und wie hat er reagiert?", fragte Heinrich, sein Ton scharf vor unterdrücktem Ärger.

„Na ja", antwortete David mit einem bitteren Lächeln, „er grinste mich nur schief an und sagte, ich solle alleine Sterbebegleitung für die ‚alte Gewitterziege' spielen." Ein leises, wütendes Schnauben entwich ihm und er kniff die Lippen zusammen. „Als ob Maria je irgendetwas getan hätte, das so eine Beleidigung verdient!"

Markus schüttelte den Kopf. „Dieser Hauke, was denkt er sich eigentlich? Zieht in unser Dorf und benimmt sich so? Egal, ob man nun Neigschmeckter ist oder nicht, hier herrscht Anstand – und Respekt."

„Das ist noch nicht alles", fuhr David fort. „Da kam dieser Mann mit dem Wohnwagen aus dem Schuppen und ließ die Tür offenstehen. Und was sah ich da? Die Destille – und die war in vollem Betrieb."

Heinrich schüttelte ungläubig den Kopf, während Markus langsam die Kaffeetasse abstellte und sich nachdenklich übers Kinn strich. „Er brennt also tatsächlich", murmelte Markus. „Und das bei all den seltsamen Aktionen um ihn herum …"

154

„Das ist noch nicht alles", ergänzte David. „Hauke ist auf mich zugegangen, hat mich weggeschoben und wollte mich geradezu aus dem Hof werfen. Dabei sagte er noch etwas von wegen, unser Fest mit ‚paar Bratwurstständen' sei lächerlich und könne niemals mit dem Cannstatter Wasen mithalten."

Heinrich verdrehte die Augen und ein Anflug von Ärger trat in seinen Blick. „Also einerseits zieht er hierher und schimpft auf alles, was diesen Ort ausmacht und andererseits brennt er ganz offensichtlich illegal?" Heinrich sah zu Lena und David und dann zu Markus. „Ich denke, damit gehen wir sofort zur Polizei."

Lena, die das alles zum ersten Mal hörte, nickte sofort. „Ja! Die Fotos von Marias Kennzeichenliste, das Verhalten von Hauke und die Destille – das sind doch Beweise genug."

Kurze Zeit später standen David und Lena wieder auf der Polizeiwache und versuchten, dem diensthabenden Beamten ihre Beobachtungen zu schildern. Doch der Polizist, derselbe wie bei ihrem letzten Besuch, wirkte nur mäßig interessiert. Seine Miene blieb ernst, fast ausdruckslos, während er ein paar wenige Notizen machte und sich an einer Erklärung versuchte.

„Ich verstehe, dass das für euch auffällig wirkt", sagte er, „aber solche Vorfälle sind schwer nachzuvollziehen, wenn man nicht direkt in flagranti jemanden festnimmt oder zumindest handfeste Beweise für eine Straftat hat. Lasst das lieber unsere Sorge sein. Wir sehen uns das an – auf unsere Weise." Ein schwaches Lächeln erschien auf seinem Gesicht, das bei Lena und David eher Enttäuschung auslöste.

Lena spürte den Frust tief in sich aufsteigen und presste die Lippen zusammen. Es war, als würden ihre Bemühungen abgetan, als sei das alles belanglos. Sie und David verließen die Polizeiwache in gedrückter Stimmung.

Zurück auf dem Fruntner-Hof trafen sie Heinrich und Markus wieder am Küchentisch an. Ihre Gesichter verdüsterten sich, als sie die Reaktion der Polizei hörten und Heinrich schlug mit der Faust auf den Tisch, das leere Kaffeeglas klirrte leicht.

„Diese Polizisten! Die denken wohl, wir sind ein paar Kinder, die sich eine Gruselgeschichte ausdenken", grummelte er verärgert. Markus nickte und schüttelte fassungslos den Kopf. „Dass die einfach alles so abtun ... als hätten wir nichts gesehen und erlebt. Das ist ein Affront, der zeigt, wie wenig die uns hier ernst nehmen!"

Lena funkelte entschlossen. „Dann müssen wir das selbst in die Hand nehmen", sagte sie schließlich mit fester Stimme. „Wenn die Polizei nichts macht, dann sammeln wir eben die Beweise selbst. Wir haben schon so viel gesehen – und wenn wir noch mehr zusammenbekommen, dann können die das nicht einfach ignorieren."

Markus sah seine Tochter an, überrascht und gleichzeitig beeindruckt von ihrem Mut und ihrer Entschlossenheit. Er nickte langsam und in seinen Augen lag eine Spur von Stolz. „Du hast recht, Lena. Wenn die Polizei nicht willens ist, dann müssen wir ihnen einen Grund geben, der ihnen keine Wahl lässt. Wir werden uns auf die Lauer legen und beobachten, was da vor sich geht."

Heinrich schmunzelte und rieb sich die Hände. „Also gut. Dann machen wir das eben auf unsere Weise. Schicht für Schicht werden wir das aufdecken."

Sie schmiedeten einen Plan, wie sie die nächtliche Überwachung des Sutterer-Hofs organisieren könnten. Jeder sollte
zu unterschiedlichen Zeiten auf den Hof schauen, Fotos machen und Notizen führen. Heinrich und Markus übernahmen
die ersten Schichten, während Lena und David am nächsten
Abend an die Reihe kommen sollten. Gemeinsam waren sie
fest entschlossen, die Wahrheit ans Licht zu bringen – ganz
gleich, wie lange es dauern würde.

# Der Mut der Maria Krumholz

Als die vier zusammen das nächste Vorgehen besprachen, hatte Lena die Idee, bei Maria anzufragen, ob man vielleicht aus deren Wohnzimmerfenster heraus den Sutterer-Hof gegenüber beobachten könnte. Die Armenhöfestraße bot kaum geeignete Verstecke und die bevorstehenden Regenschauer machten das Ganze nicht gerade einfacher. Maria war sofort begeistert, ihre Augen funkelten vor Abenteuerlust, als Lena sie fragte.

„Na, aber selbstverständlich, Kind!", rief sie aus. „Was glaubt ihr denn? Da können wir es uns gemütlich machen und bei einem guten Tee den ganzen Hof im Blick haben! Ich hab euch gesagt, wenn ich helfen kann, dann mache ich das."

Heinrich übernahm die erste Nachtwache, ausgerüstet mit einer Kamera und einem Fernglas. Maria war sichtlich aufgeregt und richtete ihm vorsorglich das Sofa als Schlafplatz her. Doch Heinrich, der fest entschlossen war, seine Aufgabe ernst zu nehmen, schüttelte entschieden den Kopf. „Schlafen? Nein, Maria, ich muss wach bleiben und aufpassen. Ich will ja nicht einen wichtigen Moment verpassen."

Die Nacht verging langsam. Der Regen prasselte gegen die Fensterscheiben und verwischte die Sicht auf den Hof gegenüber zeitweise. Heinrich saß in einem bequemen Sessel am Fenster und hielt das Fernglas fest in den Händen, während er aufmerksam den Hof beobachtete. Die Minuten zogen sich, die Regentropfen trommelten leise gegen das Fenster und die Stille des Raumes ließ Heinrich allmählich müder werden, als ihm lieb war.

Als die ersten schwachen Morgenstrahlen durch die Wolken brachen, kam David zur Ablösung. Maria öffnete ihm die Tür und legte sogleich den Zeigefinger an die Lippen, ein schelmisches Lächeln im Gesicht. Sie deutete ins Wohnzimmer, wo Heinrich in tiefem Schlaf im Sessel saß, den Kopf zur Seite gelehnt. Über seinen Schultern lag eine Decke, die Maria wohl in der Nacht für ihn gelegt hatte.

„Lass ihn schlafen, David", flüsterte Maria und kicherte leise. „Er hat nichts verpasst. Sein Schnarchen hat mich gegen Mitternacht geweckt und da habe ich einfach übernommen."

David unterdrückte ein Lachen und schüttelte amüsiert den Kopf. „Na, das war ja eine erfolgreiche erste Nachtwache."

Maria zwinkerte ihm zu. „Weißt du, Heinrich meint es ja nur gut. Aber ich hab den Hof im Blick behalten, als er eingeschlafen ist. Es war alles ruhig. Kein einziger LKW, kein Hauke – nichts."

David nickte und nahm sich einen Moment, um das gemütliche Wohnzimmer in sich aufzunehmen. Das Bild von Heinrich, friedlich schlafend und die liebevolle Fürsorge von Maria, die seine Wache ohne Murren übernommen hatte, brachten ihn zum Schmunzeln.

„Gut", flüsterte David, „dann lassen wir ihn noch etwas schlafen. Er hob eine Papiertüte der Bäckerei Zimmerer hoch, „ich habe uns frische Wecken mitgebracht."

Während David die Tagschicht übernahm, herrschte absolute Ruhe auf dem Sutterer-Hof gegenüber. Stattdessen widmete er sich ein paar kleinen Aufgaben im Haus, die Maria ihm lächelnd und mit einem schmunzelnden „Nur wenn du Zeit hast, mein Junge" überlassen hatte. Die schief hängende Küchenschranktür und ein paar lose Bodendielen an der alten Holztreppe waren schnell erledigt. David nutzte die Zeit und Maria beobachtete zufrieden, wie er mit ruhigen, geübten Handgriffen alles wieder in Ordnung brachte.

Am frühen Abend, kurz bevor Lena zur Ablösung kam, klingelte das Telefon und Maria nahm mit ihrer leisen, doch frohen Stimme den Hörer ab. Es war Lena, die anrief, um zu fragen, ob sie noch Einkäufe für Maria mitbringen sollte. Nach einem kurzen Austausch und einem schmunzelnden „Ich wusste, dass du an alles denkst, Kind", legte Maria auf und freute sich sichtlich auf den kommenden Abend. Lena kam bald darauf mit einer großen Einkaufstasche, gefüllt mit frischen Brötchen, etwas Obst und anderen Kleinigkeiten. Gemeinsam mit David und Maria setzte sie sich noch einmal an den Tisch und sie aßen zusammen, das kleine Wohnzimmer erfüllt von heiteren Erzählungen und Marias warmem Lachen.

Als David schließlich aufbrach, war die Nacht bereits hereingebrochen und Lena richtete sich für die Nachtschicht am Fenster ein. Mit einer Tasse heißen Tees und dem Fernglas in der Hand hielt sie den Sutterer-Hof aufmerksam im Blick. Die Stunden vergingen und das einzige Ereignis war ein kurzes Aufflackern des Lichts im Hof – einmal gegen Mitternacht und ein zweites Mal kurz vor Sonnenaufgang. Ansonsten lag der Hof still und verlassen da.

Auch am folgenden Tag blieb es ruhig. Maria bestand darauf, die Tagschicht alleine zu übernehmen. Heinrich, David und Lena hatten sich schließlich darauf geeinigt, dass sie sich in aller Ruhe von ihrem Posten aus umsehen konnte. So saß

Maria, fest entschlossen, nichts zu verpassen, am Fenster und beobachtete den stillen Hof – als fester Bestandteil der kleinen Gemeinschaft und mit einer gemeinsamen Mission.

Markus hatte die folgende Nacht und machte es sich gerade mit Fernglas und Kamera am Fenster bequem, als Maria mit einem leisen Gähnen verkündete, sie werde sich für die Nacht zurückziehen. Es war kurz nach 23 Uhr und die Straßen lagen still und dunkel unter dem Nachthimmel. Doch plötzlich bemerkte Markus eine Bewegung gegenüber: Das Hoftor des Sutterer-Hofs öffnete sich knarrend und Hauke trat langsam heraus. Er schaute aufmerksam die Straße entlang, seine Augen glitten prüfend hin und her, bis sein Blick schließlich auf Marias Haus fiel.

Markus spannte sich an. „Maria", sagte er flüsternd, ohne den Blick vom Fenster abzuwenden, „er sieht dich hier am Tisch stehen. Geh ganz ruhig und so, als ob du wirklich ins Bett gehen würdest."

Maria verstand sofort. Ohne zu zögern, nickte sie Markus zu, als wolle sie sagen, „keine Sorge, ich weiß, wie das geht." Sie trat langsam von der Fensterfront zurück, knipste das Licht im Wohnzimmer aus und ging dann gemächlich ins Schlafzimmer, wo sie das Licht wieder anschaltete. Sorgsam schloss sie die Läden am Fenster und ließ das Licht kurz danach erlöschen, so als ob sie sich nun wirklich zur Ruhe begäbe.

Doch im Dunkeln bewegte sich Maria leise zurück zum Wohnzimmer und Markus bemerkte, mit einem leisen Schmunzeln, dass sie sogar ihre Pantoletten ausgezogen hatte und auf Zehenspitzen an ihm vorbeischlich. „Man ist ja nicht auf den Kopf gefallen", flüsterte sie verschwörerisch und schlich sich auf ihren Sessel zurück.

Von ihrem Versteck aus sahen sie, wie Hauke seine Zigarette in aller Ruhe weiter rauchte und aufmerksam auf das Haus starrte, als würde er die Dunkelheit durchdringen wollen. Schließlich schnippte er den glimmenden Stummel achtlos über die Straße in Richtung von Marias Vorgarten. Markus ballte unwillkürlich die Fäuste bei dieser Respektlosigkeit, doch er wusste, jetzt hieß es still halten und beobachten.

Hauke griff nach seiner Jackentasche und holte sein Handy heraus. Seine Miene blieb ausdruckslos, während er es entsperrte und eine Nummer wählte. Markus und Maria konnten nur die leisen Worte erkennen, ohne sie zu verstehen, doch Haukes Ausdruck schien kalt und bestimmt. Nach einem kurzen, kaum eine Minute langen Telefonat steckte er das Handy zurück in die Tasche und verschwand dann lautlos hinter dem Hoftor, das mit einem leisen Knarren ins Schloss fiel.

Kurz darauf hörten Markus und Maria das dumpfe Grollen eines schweren Motors, das die Stille der Nacht durchbrach. Ein großer LKW rollte langsam die Straße entlang und hielt direkt vor dem Hoftor. Im fahlen Licht der Straßenlaterne sahen sie, wie Hauke das Tor weit aufschwang und dem LKW deutete, vorsichtig rückwärts in den Hof zu fahren.

Markus' Herz begann schneller zu schlagen. Er zückte die Kamera und schaltete sie ein, das leise Klicken der Zoomfunktion kaum hörbar. Neben ihm hob Maria das Fernglas, ihr Gesicht ernst und konzentriert. Sie hatten nicht erwartet, Zeugen einer solchen Aktion zu werden – alles wirkte plötzlich wie ein Szenario aus einem Krimi.

Im Hof manövrierte der Fahrer den LKW geschickt, bis die Rückseite des Fahrzeugs direkt vor der Scheune stand. Im nächsten Moment senkte sich die Laderampe und eine große Holzkiste nach der anderen wurden langsam herabgelassen. Markus beobachtete, wie Hauke und der Fahrer einen Hubwagen herbeiholten und die Kisten mit beeindruckender Effizienz in die Scheune rollten.

Markus' Hände zitterten vor Adrenalin, als er die Kamera fokussierte und Bild um Bild festhielt. In einer schnellen Bewegung griff er nach seinem Handy und wählte die Nummer von Heinrich, während er mit der anderen Hand weiter fotografierte. „Heinrich, du musst sofort kommen", flüsterte er aufgeregt in den Hörer. „Hauke lässt gerade einen LKW mit großen Kisten in die Scheune räumen. David muss mitkommen, schnell sie sind gleich fertig."

Im Hintergrund hörte er das Rauschen, als Heinrich die Nachricht entsetzt aufnahm und versprach, sofort loszufahren. Doch im nächsten Moment, während Markus noch ins Telefon sprach, bemerkte er eine Bewegung neben sich. Ehe er richtig reagieren konnte, sah er, wie Maria, nur in Socken und mit entschlossenem Blick, in den Flur ging, leise die Haustür öffnete und die Straße überquerte.

„Maria!", rief er entsetzt, das Telefon halb an sein Ohr gepresst. Doch es war zu spät – die alte Dame stand bereits mitten in der Hofeinfahrt, direkt vor dem LKW, der gerade losfuhr, die Arme weit ausgebreitet, als wollte sie die Abfahrt des Fahrzeugs verhindern. Markus erstarrte für einen Moment, unfähig zu begreifen, was Maria gerade tat.

„Nein, Maria!", flüsterte er, seine Stimme erstickt von Angst und Sorge. Die Fassungslosigkeit wich in einem

Herzschlag panischer Eile, als er das Handy fallen ließ und die Kamera zur Seite warf. Vor seinen Augen stand die zierliche, hochbetagte Frau, die mit ausgebreiteten Armen und einem unerschütterlichen Blick den mächtigen LKW entgegentrat. Ihre Gestalt wirkte klein und verletzlich gegen die massive Front des Fahrzeugs, doch in ihrer Haltung lag eine furchtlose Entschlossenheit, die Markus sprachlos machte.

Der LKW-Fahrer starrte irritiert nach vorn, überrascht von der plötzlichen Blockade, während Hauke laut fluchte und Maria ein aggressives „Was soll das denn jetzt?" zurief. Doch die alte Frau rührte sich nicht, ihre Augen blitzten vor Zorn und Entschlossenheit, als sie Hauke direkt anfunkelte.

„Nicht einen Zentimeter wirst du hier weiterfahren!", rief sie, ihre Stimme so fest, dass Markus kaum glauben konnte, dass sie von derselben Frau kam, die er bisher als warmherzig und sanftmütig kannte. „Solange ich hier stehe, wird der es nicht von diesem Hof schaffen."

Markus, der endlich die Starre überwunden hatte, rannte raus auf die Straße und rief: „Maria, komm zurück! Das ist viel zu gefährlich!"

Doch Maria blieb unbeeindruckt, ihr Blick war fest auf Hauke und den LKW gerichtet.

Kaum hatte Maria ihre entschlossene Ansage ausgesprochen, sprang Hauke wie von einem Dämon gehetzt vor. „Was fällt dir eigentlich ein, alte Schachtel?!", brüllte er, die Adern auf seinem Hals deutlich hervortretend. Die blanke Wut stand ihm ins Gesicht geschrieben, seine Augen funkelten vor Zorn und in seinem Gesicht zuckte ein unkontrolliertes Muskelspiel, das pure Aggression zeigte. Maria wich jedoch keinen Zentimeter zurück. Ihr Blick war nun fest auf den LKW-Fahrer gerichtet und es lag eine Tapferkeit in ihren Augen, die Markus' Herz rasen ließ.

Doch im nächsten Moment erstarrte er: Hauke zog plötzlich eine Pistole aus der Jackentasche. Die Waffe glänzte matt im Licht der Straßenlaternen, während Hauke sie bedrohlich auf Maria richtete. Die alte Frau stand weiterhin tapfer vor dem LKW, doch ein flüchtiges Zögern blitzte kurz in ihren Augen auf. Hauke schrie weiter, sein Gesicht von purer Wut verzerrt, der Geifer spritzte aus seinem Mund, als er sie anschrie. „Geh mir aus dem Weg, du alte Hexe, oder ich mach kurzen Prozess!"

Markus' Herz raste, als er die Waffe sah. Alles in ihm schrie, dass er handeln musste. „Maria, raus da!", rief er in Panik, doch die kleine Frau rührte sich nicht. Ohne lange nachzudenken, stürzte sich Markus in die Richtung des LKWs, seine Gedanken kreisten nur um eines – Maria aus der Schusslinie zu bringen, sie in Sicherheit zu bringen.

In der nächsten Sekunde brach die Hölle los.

Wie aus dem Nichts tauchten plötzlich maskierte Männer in schwarzer SEK-Kleidung auf. Sie stürmten aus den Schatten der Häuser hervor, aus der Dunkelheit der Straße, aus Fahrzeugen, die lautlos in Position gefahren waren. Blitzschnell füllten sich die Straße und der Innenhof mit rund vierzig bis fünfzig schwer bewaffneten Beamten, alle Waffen auf Hauke und den LKW-Fahrer gerichtet. Ein lautes, unmissverständliches „Waffe fallen lassen!" donnerte über die Szene hinweg, doch Hauke schrie nur noch lauter und richtete die Pistole weiter auf Maria.

Markus registrierte kaum das Chaos um sich herum – die sirenenartigen Befehle, das Flackern des Blaulichts, die funkelnden Mündungen der Waffen. In panischer Entschlossenheit rannte er auf Maria zu, rief ihren Namen immer wieder, die Welt um ihn herum wie in einem surrealen Alptraum. Doch ehe er sie erreichte, hörte er einen ohrenbetäubenden Knall – ein Schuss.

„Maria!", schrie Markus, als er sich im letzten Moment auf sie warf. Beide stürzten gemeinsam auf den Kiesboden und er hielt sie schützend an sich gedrückt, um sie vor weiteren Schüssen zu schützen. Der harte Boden presste ihm den Atem aus den Lungen, doch er hielt Maria fest, bedeckte sie mit seinem Körper, während die Welt um sie herum in einem einzigen Wirbel aus Geschrei, Blaulicht und weiteren Schüssen versank.

„Waffe fallen lassen, sofort!", rief ein weiterer SEK-Beamter, während ein Team auf Hauke zustürmte. Hauke schrie wütend, zögerte nur kurz – und dann fielen zwei Schüsse. Der erste durchdrang seinen Oberschenkel und Hauke brüllte schmerzerfüllt auf, stolperte zurück und fiel schließlich zu Boden. Die SEK-Beamten packten ihn sofort, entwaffneten ihn und drückten ihn mit dem Gesicht auf den Kies. Der LKW-Fahrer wurde in der gleichen Sekunde aus dem Führerhaus gezerrt und auf den Boden gedrückt und auch der Mann aus Waldshut, der aus der Scheune gerannt kam, wurde ohne jede Chance zur Gegenwehr überwältigt. Beide knieten nun mit hinter dem Kopf verschränkten Händen auf dem Boden, umringt von den Beamten, die sie scharf im Auge behielten.

Markus spürte, wie Marias zitternde Hand nach seiner griff. „Alles in Ordnung, Maria?", flüsterte er heiser, während er ihr ins Gesicht blickte. Die alte Dame nickte langsam, ihre Augen schienen weit und aufgeregt, doch sie wirkte ruhig. „Ich hab dich gehört, Markus", murmelte sie und ein leises, fast schelmisches Lächeln spielte auf ihren Lippen. „Ich hab gedacht, wenn jemand aufpasst, dann du. Aber ganz ehrlich, Markus, ich bin zu alt für solche Abenteuer."

Ein SEK-Beamter kam auf die beiden zu und half ihnen behutsam auf die Beine. „Alles in Ordnung?", fragte er ernst und suchte ihre Körper ab. Markus nickte schwach und hielt Maria fest im Arm. „Ja, Danke", sagte er schließlich, seine Stimme brüchig von der Anspannung, die langsam von ihm abfiel.

Ein Krankenwagen fuhr vor, Blaulicht flackerte in der feuchten Nachtluft und während Hauke unter den wachsamen Augen der Beamten abtransportiert wurde, lehnte Markus sich erschöpft gegen eine Mauer. Das Adrenalin ließ langsam nach und er spürte die Kälte der Nachtluft auf seiner Haut. Maria sah ihn an, ihre Augen leuchteten in der Dunkelheit. „Ich glaube, Markus", flüsterte sie leise, „diese Nacht wird man in Ulm so schnell nicht vergessen."

Es waren nur Minuten vergangen, als Heinrich, David und Lena mit dröhnenden Herzen in die Armenhöfestraße hinaufrannten. Bereits von weitem hatten sie die Schüsse gehört und die kalte Angst schnürte ihnen die Kehlen zu. Blaulicht flackerte durch die Dunkelheit und überall standen Mannschaftswagen des SEK und Krankenwägen. Ihr Blick wanderte nervös über den von Fahrzeugen überfüllten Hof, während sie auf das Tor zueilten. Doch bevor sie näher herankamen, wurden sie von zwei uniformierten SEK-Beamten gestoppt. Die Männer standen ruhig, aber bestimmt vor ihnen und deuteten, dass sie hier keinen Schritt weiter durften.

„Das ist mein Vater da drin!", rief David, die Panik in seiner Stimme kaum zu unterdrücken. Die Sorge um seinen Vater und Maria loderte so stark in ihm, dass er sich kaum beherrschen konnte.

Der Beamte vor ihm legte eine Hand auf seine Schulter und sagte mit ruhiger, bestimmter Stimme: „Beruhigen Sie sich. Wir klären hier alles – Sie müssen draußen bleiben." Doch David ließ sich nicht beruhigen. Seine Augen weiteten sich entsetzt, als er weiter in den Hof starrte und zwei Gestalten erblickte, die in glänzende Rettungsdecken gehüllt zum Krankenwagen geführt wurden.

„Das ist mein Vater!", schrie David erneut und durchbrach den Griff des Beamten mit einer ruckartigen Bewegung. Ehe ihn jemand zurückhalten konnte, schob er sich durch die Absperrung und rannte los, die Angst und Verzweiflung förmlich in jedem seiner Schritte spürbar.

Als er endlich beim Krankenwagen ankam, sah er Markus, der auf dem Hecktritt des Rettungswagens saß und Maria beruhigend an der Hand hielt. Sein Gesicht war blass, aber er schien unverletzt. David stieß einen erleichterten Seufzer aus und fiel seinem Vater in die Arme. „Papa, ich dachte …" Die Worte blieben ihm im Halse stecken.

„Alles gut, Junge, alles gut", sagte Markus leise und klopfte ihm tröstend auf den Rücken. „Uns ist nichts passiert."

Kurz darauf versammelten sich Heinrich und Lena ebenfalls bei ihnen. Das sonst ruhige und idyllische Dorf

Renchen-Ulm war erneut Schauplatz eines unerwarteten Spektakels geworden – dieses Mal in der Armenhöfestraße. Nachbarn und Schaulustige hatten sich in kleinen Gruppen vor den Absperrungen versammelt, tuschelten, schüttelten die Köpfe und beobachteten neugierig das Geschehen.

Ein hoher Polizeibeamter mit ernstem Blick trat schließlich an die Gruppe heran, umgeben von einer Aura aus Autorität und strengem Pflichtbewusstsein. Er stellte sich als Einsatzleiter vor und musterte Heinrich, Markus, Lena, David und Maria mit strengem Blick.

„Was in aller Welt haben Sie sich dabei gedacht?", begann er, seine Stimme schneidend und voller scharfer Kritik. „Die Polizei ist dafür verantwortlich, Ermittlungen und derartige Einsätze durchzuführen, nicht eine Gruppe von Zivilisten, die sich selbst gefährdet!" **Er deutete auf Maria, die neben David stand und versuchte, sich aufrecht zu halten.** „Eine ältere Dame rennt auf einen LKW zu und riskiert ihr Leben – ist das ihr Ernst? Wissen Sie eigentlich, wie gefährlich das war?"

Der Vorwurf lag schwer in der Luft und die Familie senkte schuldbewusst die Köpfe. Heinrich wollte etwas sagen, doch der Einsatzleiter hob die Hand und fuhr fort: „Es war nicht ihre Aufgabe, sich einzumischen! Diese ganze Aktion hätte schwerwiegende Folgen haben können!"

In dem Moment, als er kurz innehielt, um Luft zu holen, trat Maria einen Schritt vor, die glänzende Rettungsdecke fest um ihre Schultern geschlungen und die Würde einer Königin in ihrem Blick. Mit einem leichten Kopfnicken begegnete sie dem aufgebrachten Beamten. „Nun beruhigen Sie sich mal", sagte sie sanft, aber bestimmt. „Am Ende ist doch alles gut gegangen, nicht wahr? Es bringt doch nichts, sich so aufzuregen, das schadet nur den Nerven."

Ein schelmisches Lächeln huschte über ihr Gesicht und ehe jemand etwas erwidern konnte, fügte sie hinzu: „Wie wäre es mit einem guten Tee für uns alle? Das ist genau das Richtige, wenn die Gemüter sich wieder beruhigen sollen."

Für einen Moment herrschte Stille. Der Einsatzleiter blinzelte und schien nicht sicher, wie er reagieren sollte. Dann entglitt ihm ein schwaches Lächeln, das er sichtlich zu unterdrücken versuchte. Die Spannung in der Luft löste sich ein wenig und ein leises, erleichtertes Lachen ging durch die kleine Gruppe.

David sah die alte Dame neben ihm voller Bewunderung an und Heinrich legte einen Arm um ihre Schulter. „Das ist der Mut der Maria Krumholz", murmelte er leise, während sie sich langsam auf den Weg machten. Die Worte klangen nach und die kleine Gruppe wusste, dass sie diesen Tag niemals vergessen würden – nicht nur wegen der dramatischen Ereignisse, sondern auch wegen der unerschütterlichen Stärke einer außergewöhnlichen Frau.

# Das letzte Wort hat Maria

Am nächsten Morgen saßen alle in der warmen, gemütlichen Küche des Fruntner-Hofs beisammen, jeder noch etwas erschöpft von den Ereignissen der letzten Nacht. Gabi, die Stirn in Sorgenfalten gelegt und mit verschränkten Armen, schüttelte nur den Kopf, während sie Kaffeetassen auf den Tisch stellte. „Warum habt ihr mich nicht geweckt?" Sie warf Heinrich einen strengen Blick zu, der nur schuldbewusst mit den Schultern zuckte. Lena schmunzelte leicht, ließ aber schnell das Lächeln verschwinden, als sie die aktuelle Ausgabe der Acher-Rench-Zeitung vom Tisch nahm und zu lesen begann.

„Hört euch das mal an", begann Lena und las den Artikel laut vor:

*Ehrloser Erbe verwickelt in kriminelles Netzwerk – Hauke J. festgenommen*

*Das idyllische Dorf Renchen-Ulm wurde in der Nacht auf dramatische Weise erschüttert, als die Polizei bei einem Großeinsatz dem lang verdächtigten Erben des Sutterer-Hofs, Hauke J., auf die Spur kam. Hauke J., der das Anwesen seines verstorbenen Onkels Friedrich Sutterer geerbt hatte, steht unter dem Verdacht, bandenmäßigen Diebstahl und illegalen Handel im großen Stil betrieben zu haben. Unter anderem werden ihm der gewerbsmäßige Diebstahl der berühmten Ulmer Polizeiäpfel und ihre Nutzung für eine verbotene Destillation zur Last gelegt.*

*Der Einsatz durch Spezialkräfte der Polizei enthüllte ein erschreckendes Ausmaß an kriminellen Machenschaften: Hauke J. soll Teil eines organisierten Netzwerks sein, das gezielt regionale Produkte stiehlt und für illegale Geschäfte nutzt. Bei der Razzia wurden in der Scheune des Sutterer-Hofs große Holzkisten mit verdächtigem Inhalt, sowie eine professionelle Destillieranlage beschlagnahmt, die offenbar für die Produktion eines hochpreisigen Apfelbranntweins aus den zuvor gestohlenen*

*Polizeiäpfeln genutzt wurde. Die Polizei sprach von kriminellen Ban-
denstrukturen, in die Hauke J. verwickelt sei.*

Lena hielt kurz inne und blickte in die Runde. David nickte
zustimmend und sie fuhr mit dem spannendsten Teil fort:

*Doch eine mutige Seniorin verhinderte in einer brisanten Situation
die Flucht des Hauptverdächtigen. Maria K., die seit Jahrzehnten in der
Armenhöfestraße wohnt, stellte sich entschlossen dem LKW in den Weg
und trug damit maßgeblich zum Erfolg der Polizeiaktion bei. In der
Nachbarschaft ist sie längst als tapfere und tatkräftige Bewohnerin bekannt, die mit scharfem Blick auf das Dorfgeschehen achtet. Ein Poli-
zeisprecher erklärte dazu: ‚Dieser Einsatz zeigt einmal mehr, dass eine
engagierte Nachbarschaft unschätzbar wertvolle Hilfe leisten kann.‘ Der
Dorfvorsteher plant, Maria K. eine Ehrung für ihren mutigen Einsatz
zu verleihen.*

Als Lena den Artikel beendete, legte sich eine Mischung
aus Stolz und Erleichterung über die Runde, doch auch ein
Hauch von Besorgnis war in Gabis Blick noch zu erkennen.
„Das ist schon ein bisschen überzogen, oder?"

Zeitgleich, in dem stillen Wohnzimmer in der Armenhöfestraße, saß Maria in ihrem Lieblingssessel, die Zeitung in
der Hand. Die Morgensonne fiel sanft durch das Fenster und
erhellte das kleine Zimmer. Sie las den Artikel noch einmal,
ein Lächeln spielte auf ihren Lippen und dann wanderte ihr
Blick zu dem vergilbten Foto ihres verstorbenen Mannes
Hans, das neben ihrem Sessel stand.

„Ach, Hans", sagte sie leise und strich zärtlich über den
Rahmen. „Hättest du gedacht, dass ich auf meine alten Tage
noch sowas erleben darf?"

172

Mit einem zufriedenen Lächeln lehnte sie sich zurück und schloss für einen Moment die Augen, während draußen die friedliche Stille der Armenhöfestraße die letzten Spuren der aufregenden Nacht verdrängte.

# Glossar

**Ulmer Polizeiapfel** – Otto Sutterer, ein Ulmer Bürger und späterer Ortspolizist, war im Ersten Weltkrieg in Moldawien (damals Teil Rumäniens) stationiert. Dort lernte er eine Apfelsorte kennen, die ihm besonders gut gefiel. Bei einem Heimaturlaub brachte er daher Edelreiser dieser Sorte mit zurück in seine Heimatstadt Ulm. Sutterer übergab die Reiser seinem Nachbarn, dem Bauern Anton Metz, der als erfahrener Veredler die Stecklinge auf lokale Apfelbäume pfropfte und so eine neue Apfelsorte schuf.

Diese Apfelsorte, die unter den Namen „Metze Dunnler" und später „Ulmer Polizeiapfel" bekannt wurde, fand bei den Ulmer Obstbauern schnell Anklang. Metz, der seine Veredelungskunst auch gegen Lohn für andere Bauern anbot, sorgte durch seine Arbeit dafür, dass der Apfel in der Region weiterverbreitet wurde. Der Name „Ulmer Polizeiapfel" setzte sich schließlich durch – wahrscheinlich aufgrund von Sutterers Präsenz als Ortspolizist in Ulm und der zunehmenden Bekanntheit des Apfels.

In den 1930er Jahren wurde der Ulmer Polizeiapfel bereits auf der Offenburger Herbstmesse ausgestellt und gewann schnell an Popularität in der Region Ortenau. Bis heute ist der Ulmer Polizeiapfel ein Symbol für die lokale Apfelkultur und zeigt, wie eine besondere Apfelsorte durch das Engagement Einzelner zur regionalen Spezialität werden kann.

**Neigschmeckter** - Der Begriff stammt aus dem badischen Dialekt und bezeichnet eine Person, die ursprünglich nicht aus der Region stammt, sondern zugezogen ist. Wörtlich bedeutet das Wort „Hinzugekommener" oder „Hergeschmeckter". Neigschmeckter wird oft liebevoll, aber manchmal auch mit einem Augenzwinkern verwendet, wenn die Einheimischen auf jemanden hinweisen, der sich an die lokalen Gepflogenheiten und Eigenheiten erst gewöhnen muss.

**Kugel Kellertrübes** – Kellertrübes ist ein naturtrübes Bier, das direkt aus der Region stammt und für seine ursprüngliche, unverfälschte Brauart bekannt ist. Das ungefilterte Bier behält seine natürlichen Schwebstoffe, was ihm seinen vollmundigen und frischen Geschmack verleiht. Es ist ein beliebtes Getränk in den örtlichen Gasthäusern und wird oft zu herzhaften, regionalen Speisen serviert. Mit seinem leicht hefebetonten Aroma und seiner naturbelassenen Optik, serviert in dem charakteristischen Glas, das oberhalb des Stiels kugelförmig gestaltet ist, ist das Kugel Kellertrübes ein echtes Stück badischer Biertradition und ein Highlight für Liebhaber von handwerklich gebrauten Bieren.

**Renchen-Ulm** ist ein malerisches Dorf im Schwarzwald (Ortenaukreis), Baden-Württemberg, das eingebettet zwischen Obstplantagen und Weinbergen liegt. Es besticht durch seine idyllische ländliche Atmosphäre und den Charme eines traditionellen badischen Dorfes. Die Region ist geprägt von Landwirtschaft, insbesondere dem Obst- und Weinanbau, sowie der Kunst des Schnapsbrennens. Historische Gebäude, gemütliche Gasthäuser und die familiäre Brauerei Bauhöfer verleihen dem Ort seinen einzigartigen Charakter. Renchen-Ulm ist ein Ort, in dem Brauchtum, Handwerk und Gastfreundschaft eine zentrale Rolle spielen, und lädt Besucher dazu ein, die Ruhe und Schönheit der badischen Landschaft zu genießen.
www.renchen.de/rathaus/ortsverwaltung-ulm

Das **Gasthaus Stigler** ist ein traditionelles Wirtshaus in Renchen-Ulm, das für seine herzliche Gastfreundschaft und regionale, badisch-bürgerliche Küche bekannt ist. In gemütlichem Ambiente bietet es eine Auswahl an hausgemachten Speisen, darunter klassische badische Gerichte wie Wurstsalat und Rahmkäse. Das Stigler ist überall bekannt für seine Schnitzel mit hausgemachtem Kartoffelsalat, sowie dem Restbrot. Mit seiner bodenständigen Atmosphäre ist das Gasthaus ein beliebter Treffpunkt für Einheimische und Besucher gleichermaßen, die hier bei einem Glas (Kugel) Kellertrübem das ländliche Flair der Region genießen können.

www. gasthaus-stigler.de

Die **Bauhöfer Brauerei** (im Buch Ulmer Familienbrauerei genannt) ist eine traditionsreiche Familienbrauerei in Renchen-Ulm, die seit Generationen hochwertige Biere nach dem deutschen Reinheitsgebot braut. Mit großer Leidenschaft für das Brauhandwerk werden hier charaktervolle Biersorten wie das beliebte "Bauhöfer Schwarzwaldmarie" und zur Fasnachtszeit (Karneval) der „Bauhöfer Hexensud" hergestellt. Die Brauerei verbindet handwerkliche Tradition mit moderner Technik und ist fest in der Region verwurzelt. Ob in der gemütlichen Brauereigaststätte „Braustüb'l" oder bei einem Besuch in der Brauerei – hier können Bierliebhaber die Vielfalt und Qualität echter badischer Braukunst entdecken.

www.bauhoefer.de

Das **Braustüb'l** in Renchen-Ulm ist ein charmantes Gasthaus mit angeschlossener Brauerei, das auf regionale Spezialitäten und hausgebrautes Bier setzt. In rustikalem Ambiente können Gäste frisch gezapfte Biere und traditionelle badische

Gerichte genießen. Die Kombination aus Atmosphäre und authentischem Geschmackserlebnis macht das Braustüb'l zu einem beliebten Ort für gesellige Abende und gemütliche Zusammenkünfte. Ein idealer Platz, um die lokale Bierkultur hautnah zu erleben.

www.braustuebl.de

Der „**Löwen**" in Renchen-Ulm ist eine gemütliche Dorf-kneipe mit „Wohnzimmeratmosphäre" und ein beliebter Treffpunkt für Jung und Alt. Direkt im Ortskern gelegen, bietet das Lokal frisch gezapftes „Ulmer Bier" aus der Familien-brauerei Bauhöfer und ausgewählte Weine aus den nahegelegenen Rebbergen. Hier können Gäste in lockerer Atmosphäre entspannen und das authentische Flair der Region genießen.

www. loewen-renchen-ulm.de

**Fischinger Nudeln** ist ein traditionelles Familienunternehmen in Renchen-Ulm, das für seine handwerklich hergestellten Nudeln bekannt ist. Mit hochwertigen Zutaten und viel Liebe zum Detail werden hier seit Generationen verschiedene Nudelvariationen produziert, die für ihren unverwechselbaren Geschmack geschätzt werden. Ob klassische Eiernudeln oder ausgefallenere Sorten – bei Fischinger steht Qualität an erster Stelle. Das Unternehmen legt großen Wert auf Regionalität und Nachhaltigkeit und ist ein wichtiger Bestandteil der kulinarischen Landschaft in der Region. Hier treffen traditionelles Handwerk und moderner Genuss aufeinander.

www.fischinger-nudeln.de

Das **Blumenhaus Serrer** in Renchen-Ulm ist ein familien-geführtes Floristikgeschäft, das für seine kreativen Blumenar-rangements und seinen hervorragenden Service bekannt ist. Ob für Hochzeiten, besondere Anlässe oder einfach als kleine Aufmerksamkeit – das Blumenhaus Serrer bietet eine breite Auswahl an frischen Blumen und individuellen Gestecken. Mit viel Liebe zum Detail und einem Gespür für Ästhetik sorgt das Team dafür, dass jeder Strauß etwas Besonderes ist. Das traditionsreiche Geschäft legt großen Wert auf Qualität und Beratung, wodurch es seit Jahren fester Bestandteil der regionalen Gemeinschaft ist.

www.blumenhaus-serrer.de

Der **Obstgroßmarkt Mittelbaden (OGM)** in Oberkirch ist ein bedeutendes Zentrum für den regionalen Obsthandel. Hier werden die Früchte von zahlreichen lokalen Obstbau-ern, die für ihre hochwertigen Erzeugnisse bekannt sind, ge-sammelt, sortiert und vermarktet. Der OGM spielt eine zen-trale Rolle in der Verbindung zwischen den Landwirten und den Verbrauchern, indem er sicherstellt, dass nur die besten regionalen Produkte ihren Weg in den Handel finden. Mit modernen Lager- und Verarbeitungsmethoden unterstützt der Obstgroßmarkt die heimische Landwirtschaft und trägt maßgeblich zur wirtschaftlichen Stärke der Region bei.

www.ogm-oberkirch.de

Der **Wohnmobilstellplatz in Renchen-Ulm** bietet Rei-senden mit Wohnmobilen einen idealen Ort, um in der male-rischen Region des Renchtals Halt zu machen und die umlie-gende Natur zu genießen. Der Stellplatz ist ruhig gelegen und dennoch nahe genug, um die charmante Kleinstadt Renchen bequem zu erkunden. Mit modernen Einrichtungen wie

Strom- und Wasseranschlüssen sowie Entsorgungsmöglichkeiten ist er bestens ausgestattet, um den Bedürfnissen von Wohnmobilreisenden gerecht zu werden. Von hier aus lassen sich die vielen Sehenswürdigkeiten und Wanderwege der Region ideal entdecken, was den Stellplatz zu einem perfekten Ausgangspunkt für Naturliebhaber und Kulturinteressierte macht.

www.renchen.de/tourismus/freizeit/wohnmobilstellplatz

**Hitradio Ohr** ist der beliebte Radiosender aus der Ortenau, der die Region Baden mit einem vielfältigen Mix aus Musik, regionalen Nachrichten und unterhaltsamen Shows versorgt. Der Sender steht für einen lebendigen und modernen Sound, der die Menschen der Region verbindet. Mit einem Programm, das lokale Themen aufgreift und Events sowie die neuesten Chart-Hits bietet, ist Hitradio Ohr ein unverzichtbarer Begleiter für viele Hörer im Alltag. Durch seine starke Verwurzelung in der Region ist der Sender zudem ein wichtiges Sprachrohr für lokale Kulturen und Veranstaltungen.

www.hitradio-ohr.de

Die **Acher-Rench-Zeitung** ist die führende Tageszeitung in der Region Achern und Renchtal. Sie bietet ihren Lesern fundierte Berichterstattung zu aktuellen lokalen, regionalen und überregionalen Themen. Die Zeitung ist ein wichtiges Sprachrohr der Region und berichtet über Politik, Wirtschaft, Kultur und das Vereinsleben. Mit einer Mischung aus Nachrichten, Hintergrundberichten und Reportagen ist die Acher-Rench-Zeitung eine zuverlässige Quelle für Informationen, die das Leben in der Ortenau prägen. Zudem bietet sie spannende Einblicke in das Geschehen vor Ort und bleibt stets nah an den Menschen der Region.

www.acher-rench-zeitung.de

# Nachwort

Liebe Leserin, lieber Leser,

herzlichen Dank, dass Sie den zweiten Band meiner Buchreihe **Die Brenner von Renchen-Ulm** gelesen und sich auf die spannende Reise durch das Leben und die Geheimnisse der alten Brennerfamilien eingelassen haben. Wenn Ihnen die Geschichte um die Fruntners und Breitners gefallen hat, könnte auch der erste Band der Reihe für Sie interessant sein, in dem die Geschichte der Familien ihren weiteren Lauf nimmt.

Vielleicht haben Sie beim Lesen Lust bekommen, die Schauplätze dieses Romans einmal selbst zu erkunden. Statt den nächsten Urlaub nur im tiefen, sagenumwobenen Schwarzwald zu planen, werfen Sie doch einen Blick auf das wunderschöne Renchtal in der Ortenau. Diese Region zwischen der Badischen Weinstraße und dem Nationalpark Schwarzwald bietet traumhafte Landschaften und einmalige Erlebnisse – von Renchen über Oberkirch und Lautenbach bis nach Oppenau erstrecken sich Obst- und Rebgärten, die endlosen Schwarzwaldhöhen und bezaubernde Wälder. Ob Sie wandern, mountainbiken oder sich beim Gleitschirmfliegen in luftige Höhen begeben möchten – die Region hält für jeden Naturliebhaber etwas bereit.

Die Orte und Begebenheiten im Renchtal haben ihre ganz eigene Magie, die sich perfekt für Entdecker und Genießer eignet. Wer weiß, vielleicht begegnen Sie auf den verschlungenen Wegen sogar dem einen oder anderen Hinweis auf die sagenumwobenen Brennergeschichten.

Ich hoffe, die Geschichte rund um **die Brenner von Renchen-Ulm** hat Ihnen Freude bereitet und lade Sie herzlich dazu ein, die einzigartige Atmosphäre dieser Region auch persönlich zu erleben.

Ihre

*Iris Klauenberg*

# Über die Autorin

Iris Klauenberg, geboren 1972 in Braunschweig, zog 1992 in den idyllischen Schwarzwald, wo sie sich schnell heimisch fühlte und von der atemberaubenden Natur sowie den traditionsreichen Dörfern inspiriert wurde. Doch erst 2021, als sie nach Renchen-Ulm kam, fand sie ihre wahre Heimat. Hier, im Herzen der Region, spürt sie eine tiefere Verbundenheit und schöpft ihre Kreativität aus der engen Verbindung zur Landschaft und den Menschen. „Ich lebe und liebe da, wo ich andere Urlaub machen" – dieser Satz beschreibt ihre tiefe Liebe zu Renchen-Ulm und die Quelle ihrer Inspiration.

Als vielseitige Autorin hat Iris Klauenberg bereits Bücher für Kinder und Erwachsene veröffentlicht und begeistert mit ihren einfühlsamen Erzählungen Leser jeden Alters. Die alten Bräuche und die unberührte Natur dieser besonderen Gegend spielen in vielen ihrer Werke eine zentrale Rolle. Mit einem Kopf voller Ideen freut sie sich darauf, noch viele weitere Geschichten zu Papier zu bringen und ihre Leser in immer neue Welten zu entführen.

Iris Klauenberg
**Die Brenner von Renchen-Ulm**
**1. Band - Der Kirschenkomplott**
166 Seiten
13,5 x 21x5, Paperback
ISBN 978-3-7597-7937-3
€ 9,90 (D)

In Renchen-Ulm, einem kleinen Dorf im badischen Renchtal, dreht sich alles um die Kirschenernte und das Brennen edler Brände. Die Brennerfamilien Fruntner und Breitner, durch eine generationsalte Rivalität verbunden, sehen sich plötzlich durch mysteriöse Sabotageakte bedroht. Maschinen versagen, Ventile werden manipuliert, und die Existenz beider Familien steht auf dem Spiel.
Lena Fruntner und David Breitner, zwischen Familienpflicht und ihren unausgesprochenen Gefühlen hin- und hergerissen, versuchen, den Saboteur zu entlarven, bevor die Ernte verloren ist. Doch die Zeit drängt, und das Schicksal der traditionsreichen Familien steht auf dem Spiel.
"Die Brenner von Renchen-Ulm - Der Kirschenkomplott" erzählt die packende Geschichte von Ernte, Rivalität und dem Überlebenskampf zweier Brennerfamilien.